Nézida

Valérie Paturaud

Nézida

Le vent sur les pierres

LIANA LEVI *piccolo*

979-10-349-0445-7

www.lianalevi.fr

À Jean-Louis, toujours présent.
À nos enfants.

« Elle aime à ressusciter les villes défuntes
et à faire redire aux morts rajeunis
leurs passions interrompues »

Charles BAUDELAIRE,
« Théophile Gautier », *L'Art romantique*

Personnages principaux

Nézida Cordeil
Née le 18 novembre 1856 à Comps dans la Drôme.

Antonin Soubeyran
Né le 3 septembre 1853 à Dieulefit dans la Drôme.

Suzanne Cordeil
Mère de Nézida, née Gougne le 12 mai 1836 à Comps.

Pierre Cordeil
Père de Nézida, né le 12 février 1831 à Comps.

Paul Cordeil
Frère de Nézida, né le 19 septembre 1859 à Comps.

Jean-Louis Cordeil dit Léopold
Frère de Nézida, né le 10 mars 1862 à Comps.

Joséphine
Amie d'enfance de Nézida, née le 28 mars 1857 à Comps.

Jean-Antoine Barnier
Maître d'école de Nézida, né le 5 septembre 1820. Instituteur de 1841 à 1886, à Comps.

Ovide Soubeyran
Frère aîné d'Antonin, né le 11 avril 1851 à Dieulefit.

Henry Soubeyran
Frère puîné d'Antonin, né le 10 décembre 1855 à Dieulefit.

Louise Soubeyran
Mère d'Antonin, née Defaysse en 1816 à Dieulefit, épouse d'Antoine Soubeyran, son cousin germain.

Éliette
Garde-malade de Louise Soubeyran, née en 1861.

Camille Delaitre
Amie de Nézida, née le 30 janvier 1859 à Lyon.

André Delaitre
Mari de Camille, né le 20 février 1850 à Lyon.

1

Silence.

Silence dans la maison. Pénombre et silence, les volets sont presque clos et impriment leur ombre de craie grise sur les murs qui soutiennent encore ce qui reste de vie. La bise noire s'insinue déjà en cette fin septembre. Un vent glacial et puissant venu du nord étouffe de ses voiles sombres les collines et balaie de mauve la terre. Il malmène les âmes comme les bêtes. Les légendes courent… Les hommes deviendraient fous, les femmes hystériques, les crimes commis ces jours de grand vent seraient amnistiés.

Le loquet du volet s'agite par bourrasques ; son battement ponctue l'absence de mouvement dans la pièce sombre. Quelques pommes sur la table, un reste de pain, le couteau, la cruche d'eau.

La tête penchée, le corps maigre mais si lourd, tout le corps vers l'avant, Paul Cordeil pousse de ses doigts une mie de pain, l'éloigne, la reprend, concentré sur cette action infime. Le temps et le silence s'étirent. Il lève un peu la tête, regarde l'horloge. L'aiguille s'est à peine déplacée depuis son dernier coup d'œil. La mie de pain occupe son esprit, le silence est tel qu'il se croit seul.

Près de la cheminée pourtant, une ombre de laine se déplace lentement, attentive à sa tâche. Au gré de ses gestes, lumière et obscurité varient dans la pièce immobile. Elle s'applique à remplir d'eau bouillante la cuvette émaillée, d'un geste sûr, de la marmite à la cuvette. Très lentement, elle se dirige vers l'escalier de bois. Elle passe devant Paul. Il ne s'interrompt pas, ne lève pas la tête. La première marche craque un peu. Ouvrir la porte sans pencher le récipient. Ne pas renverser.

Il fait encore plus sombre dans la chambre où les persiennes sont tirées, protégeant les vitres des assauts du vent. La chambre est simple : une commode sur laquelle la photo d'un soldat fait face au portrait de jeunes mariés. Une couronne sous un globe ovale : petites fleurs blanches, minuscules pétales liés par une fine tige de perles.

Deux chaises de bois clair.

Et le lit en fer.

Des draps blancs tout juste sortis de l'imposante armoire.

Fine, transparente, dans une chemise de nuit boutonnée très haut, le col humide, paupières baissées, longues mains teintées de bleu posées sur les draps amidonnés, un mouchoir de dentelle sur l'oreiller, Nézida dort calmement, désespérément… le souffle imperceptible.

La jeune fille s'avance au bord du lit, écarte un peu le drap. Elle trempe dans la cuvette chaude la serviette rêche qui attendait sur la table de nuit, soulève la chemise grège et pose le linge sur le ventre distendu. Eau fraîche pour le front, eau chaude pour le ventre. Elle fait de son mieux : le médecin viendra, ce soir, accompagné du pasteur, peut-être. La mort qui semble s'inviter dans la maison est bien silencieuse. La jeune fille envoyée par la matrone pensait que mourir était beaucoup plus bruyant. Pas de pleurs, pas de cris, plus de vie déjà. Elle imaginait que la mort s'accompagnait de larmes et de démonstrations effrayantes.

Ce silence la met mal à l'aise. Même les langes blancs dont dépassent quelques mèches brunes ne semblent pas vivants. Pourtant on lui a dit qu'Élise, la nourrice, allait venir allaiter l'enfant. Elle ne lui a pas prêté attention en entrant, lorsque, pour atteindre le broc posé sur la commode, elle a dû contourner le berceau. C'est comme s'il ne contenait rien. C'est ce qui la trouble le plus. Ici rien ne vit ni ne semble voué à vivre. Elle aimerait bien partir mais elle a reçu l'ordre de veiller jusqu'à l'arrivée du médecin. D'habitude elle garde les chèvres, la chienne qui a mis bas, le petit garçon de la voisine, le temps que la mère s'occupe des bêtes. Veiller le silence et l'obscurité, c'est la première fois, et elle n'aime pas ça du tout… mais elle ne peut désobéir, donc elle fait de son mieux.

Eau chaude, eau froide, pousser et retenir le berceau si l'enfant se mettait à remuer, redescendre doucement l'escalier, servir la soupe à l'homme assis, jeter un œil à l'horloge et espérer qu'enfin les voix des voisins, du médecin, du pasteur viennent rompre ce silence.

2

Paul Cordeil

Lorsque ma sœur s'approchait du lit que je partageais avec mon frère Léopold, pour nous réveiller les matins d'hiver, elle ne se doutait pas que je l'observais depuis un long moment. Dès l'aube, le froid me réveillait. Je luttais, recroquevillé, mais ne me rendormais pas.

Ma sœur hésitait elle aussi à bouger sous la lourde couverture. L'édredon la recouvrait entièrement. Se risquer à sortir une épaule c'était recevoir le souffle glacé du vent qui sifflait sous la fenêtre. Elle était encore dans le monde protecteur et doux des odeurs de la nuit, des odeurs de corps, enveloppée de sa longue chemise, sous le poids accablant de la couverture de laine et de la plume épaisse du couvre-lit. Suzanne, notre mère, avait pourtant calfeutré de vieilles étoffes le tour des fenêtres. Elle n'ouvrait plus les volets depuis que le froid avait engourdi la campagne. Nézida savait qu'il fallait se lever, alors elle anticipait tous les gestes nécessaires afin de faire au plus vite.

Ce jeu renouvelé chaque matin, moi, son petit frère, je le connaissais par cœur sans qu'elle le sache. De ses pieds et de ses mains, elle repoussait brusquement, d'un coup, en retenant son souffle, le poids de la chaleur si douce, retirait sa chemise en évitant de coincer la tête, ce qui prendrait quelques secondes supplémentaires. Pour ce faire, baisser le menton, attraper la camisole de laine puis la robe épaisse qui attendait sur le coffre près du lit, enfiler les bas puis les chausses qui se glisseront dans les sabots de bois… le plus vite possible pour ne plus sentir la morsure de la tomette glacée. Une fois habillée, Nézida n'était pas réchauffée mais elle pouvait recommencer à respirer. Le jeu se terminait. Elle s'approchait de notre lit. « Réveillez-vous, les garçons, il est l'heure ! » J'attendais encore un peu d'entendre une nouvelle fois ses mots avant d'ouvrir les yeux. Léopold dormait toujours. Je crois qu'elle nous réveillait comme elle aurait aimé être réveillée.

Dans mon souvenir elle a dix ans, peut-être douze, pourtant elle connaît la pesanteur des débuts de journée, écrits et réécrits sans beaucoup de surprises. Cette matinée qui commence l'arrache aux rêves de l'enfant qu'elle est encore, ne lui laisse guère le temps de regretter la nuit. Son rôle est de s'occuper des autres : de ses frères, de son père, des hommes. Les matins se succèdent et se ressemblent, à ne plus savoir distinguer hier d'aujourd'hui. Une même journée infiniment recommencée, des gestes perpétués qu'elle aligne comme les cailloux dans les jeux que nous inventons, mon frère et moi, quand les congères condamnent à rester à la maison.

Suzanne, notre mère, est déjà levée. De la chambre nous reconnaissons les bruits familiers, les chaises déplacées, le feu ravivé, les pas du grand-père dans l'escalier. Et enfin la voix de notre père. Oui, si je ferme les yeux, ce sont ces matins qui viennent me bouleverser…

Nézida aurait pu m'en vouloir, ne pas m'aimer. Mon oncle Eugène, mes tantes Sophie et Virginie m'ont raconté le bonheur immense que ma naissance avait procuré à mes parents. Combien ma mère s'était inquiétée pour moi dont la constitution était fragile. Ils m'ont dit ses gestes de tendresse, ses attentions de tous les instants. Avec moi, ma mère parut découvrir l'amour maternel qu'elle n'avait pas éprouvé à la naissance de Nézida et qu'elle ne lui témoigna pas. Mon père, Pierre, avait été tout au plus attendri par la naissance de sa fille. Mon arrivée l'avait empli de joie et de fierté.

De ces premières années on m'a rapporté que ma sœur me berçait, qu'elle aidait de son mieux et s'intéressait à moi. J'occupais pourtant une place qu'elle n'avait jamais eue. Elle, si timide et réservée avec les autres, s'amusait de mes rires, s'inquiétait de mes pleurs. Mes premiers souvenirs ne sont qu'affection de sa part. J'ai parlé de mes doux réveils. Ensuite il y avait le chemin de l'école, tous les deux ensemble, puis à trois avec mon frère Léopold. Elle nous tenait par la main et nous tirait dans la côte, juste après la maison. Les pierres roulaient sous nos sabots, sa main nous tenait fermement, elle supportait mal les plaintes, surtout les miennes, je le reconnais : j'avais toujours trop froid, j'étais fatigué, je traînais les pieds. Léopold, lui, suivait sans un mot. Il fallait toute la douceur de notre sœur pour que je sèche mes larmes et accepte de marcher. Leur détermination à tous deux venait à bout de ma faiblesse. Nézida m'encourageait, racontait des histoires, nous chantait des comptines où il était question de pommes dans un panier.

Le chemin vers l'école était long et pénible, les départs et les retours à la nuit me terrifiaient. Les chênes agités par le vent nous menaçaient de leurs branches tortueuses. Je me serrais contre elle. Quand nous rencontrions d'autres enfants sur le chemin, elle parlait peu. Elle se rapprochait de son amie Joséphine qui lui prenait le bras. Il fallait alors la partager et glisser comme je le pouvais mes pas dans les leurs ; plus d'histoire ni de comptine. Je ne lâchais pas sa main, lui rappelant par ce geste que c'était moi son frère.

En grandissant je la trouvais jolie, et je n'étais pas le seul. Elle n'était pas comme les autres filles : silencieuse, en retrait toujours. À la ferme, je me suis vite aperçu que notre mère et elle ne se parlaient pas. Elles s'entendaient sur le travail mais ne riaient jamais ensemble. En revanche, Nézida était très proche de Grand-Père. Elle m'abandonnait parfois pour partir marcher avec lui. Même le chien la suivait. Il ne restait pas avec moi, ce qui me faisait de la peine. Lorsqu'elle sut bien lire et que Grand-Père lui prêta des lectures ou lorsque, bien plus grande, elle revenait de chez Isidore, l'ami de Léopold, amoureux d'elle, j'en suis sûr, les bras chargés de livres, elle me faisait part de ses découvertes avec enthousiasme. Dès que notre mère pénétrait dans la cuisine, elle se taisait et lisait en silence. Celle-ci lui trouvait quelque tâche urgente et maugréait sur l'inutilité et la perte de temps de ses lectures. Grand-Père venait alors à son secours et renvoyait notre mère à son fourneau. Ce qui n'adoucissait pas le regard qu'elle lançait à Nézida.

J'avais besoin de sentir ma sœur à mes côtés. J'étais grand pour mon âge et très maigre, peu taillé pour les travaux des champs. Peu à ma place à la ferme, dans ce tourbillon journalier d'activités où la force et la résistance physique vont de soi, je sentais bien la déception de mon père et de ma mère qui, malgré leur indulgence envers moi, regrettaient mon peu d'attrait pour les activités manuelles. Sentir que mes goûts se rapprochaient plus de ceux de ma sœur les inquiétait beaucoup et ils lui en voulaient de m'entraîner sur une voie autre que celle qui m'était destinée : reprendre la ferme, car il doit en être ainsi pour un fils aîné.

Une seule activité agricole me plaisait : la fabrication de l'huile de noix. Elle avait lieu chez mon grand-père maternel Gougne et m'amusait beaucoup. Après la récolte le rituel était immuable : mon grand-père posait une tuile sur sa cuisse dans le sens de la longueur. À l'aide d'une massette il cassait les noix et les faisait tomber dans un panier. Avec Léopold, nous les triions. Je jetais en riant les coquilles dans le feu où elles éclataient et crépitaient. Les cerneaux entiers étaient destinés à la vente et au pressoir à vis. Des cerneaux et des brisures on obtenait de l'huile, mais aussi une sorte de bouillie épaisse appelée drèche que je portais aux animaux qui s'en régalaient. Quand nous allions le voir, mon grand-père nous accueillait avec joie. Il vivait seul, ma grand-mère étant morte deux ans avant ma naissance. Il avait toujours un morceau de pain à nous offrir sur lequel il versait un peu d'huile juste pressée. Avec lui, nous ramassions aussi les châtaignes et quand la récolte était bonne les voisins venaient aider à leur tri : celles qui seraient vendues, celles qui seraient consommées à la ferme. En hiver elles constituaient la base de notre nourriture : en soupe, en gruau, trempées dans du lait ou grillées dans l'âtre. Les voisins étaient remerciés en caillettes, en jambons, en pain trempé d'huile et, bien sûr, en vin rouge. Ces activités partagées étaient une sorte de fête – voisins, amis toutes générations confondues – autour d'un travail commun. Rien à voir avec les travaux solitaires dans les champs ou auprès des bêtes.

Pourquoi étais-je l'aîné ? La nature semblait s'être trompée, elle avait paré Léopold de toutes les qualités que l'on attendait de moi. Me dépassant de deux têtes au moins, le cou large, les épaules puissantes et des mains solides, profondes, faites pour aider aux vêlages, mon frère ne craignait ni le froid ni les fortes chaleurs d'été. Il s'amusait des envolées de chauves-souris à la nuit tombante qui me faisaient baisser la tête.

Tuer le cochon était aussi jour de fête à la ferme. Les cris de l'animal et la grande marmite recueillant le sang chaud, cette odeur entêtante et fade qui envahissait la maison au fur et à mesure de la préparation des morceaux, m'écœuraient. J'avais du mal à participer à l'euphorie générale. Léopold, au contraire, était tout à fait à l'aise et heureux. Il n'hésitait pas à suivre les hommes, à regarder et à apprendre ce qui serait un jour son rôle. Il en était de même pour la chasse. Léopold savait tendre les trappes pour capturer les oiseaux de passage, les grives surtout. À son sourire fier lorsqu'il remplissait sa besace répondait mon malaise devant les corps tièdes des oiseaux alignés. Je le suivais dans les bois, l'aidais même pour ne pas décevoir mon père, le dégoût au bord des lèvres.

La légende familiale est bien fondée : Léopold a de l'appétit pour tout ! Pour le travail aux champs, la chasse, la nourriture frugale mais abondante et même pour le mauvais vin de nos vignes. J'étais bien forcé de faire comme lui, porté par la nécessité et les habitudes. Mais j'appréciais surtout l'école et les retours à la maison : je me serrais contre ma sœur pour regarder les almanachs ou les livres qu'elle avait rapportés du château où vivait Isidore. J'aimais bien Isidore et ses livres, des fenêtres sur le monde, que je découvrais avec Nézida… Avions-nous le pressentiment que notre vie, un jour, se déroulerait sans les uns et les autres, ailleurs ?

Bien sûr, en grandissant, Nézida passait plus de temps avec ses amis. Elle se voyait aussi confier par mes parents de plus en plus de tâches. Pourtant elle souhaitait poursuivre le plus longtemps possible l'école, ce qui n'était pas ce qu'ils avaient prévu pour elle. La ferme me reviendrait un jour. La hantise de mon père était que sa fille soit contrainte de descendre travailler à Dieulefit dans l'une des nombreuses manufactures textiles ou chez un potier. Notre père s'était mis à lui vanter plus d'un possible prétendant. Il voulait qu'elle trouve un bon mari au village. Son union avec un autre propriétaire terrien aurait été l'idéal. Ma mère accusait Nézida d'être trop fière, trop difficile. Elle lui rappelait sans cesse l'âge auquel elle-même s'était mariée. Nézida ne répondait pas, n'argumentait pas : ses yeux noirs regardaient ailleurs… Au-dessus, plus loin. Elle ne prêtait aucune attention à leurs propositions.

Les années passèrent, j'eus bientôt l'âge de fréquenter les cabarets du village comme les autres hommes. Après l'ouverture de ces deux lieux aux extrémités opposées du hameau, les habitudes changèrent: les hommes assistaient moins aux veillées traditionnelles. Les informations circulaient plus facilement, même si elles étaient souvent déformées par le bouche-à-oreille et les nombreux relais avant d'arriver jusqu'à Comps. Je ne buvais pas beaucoup et les conversations sur la chasse, les récoltes ou les intempéries ne m'intéressaient pas, contrairement à Léopold qui m'accompagnait. Ce que je venais chercher, moi, au cabaret, c'était des nouvelles de la ville. Je voulais savoir ce qu'il se passait dans la vallée et plus loin encore derrière les montagnes.

Lors des veillées, c'étaient toujours les mêmes souvenirs des anciens, les histoires familiales maintes fois répétées, la vie des uns et des autres au village, les mêmes noms, les mêmes familles. Au cabaret, les nouvelles politiques rapportées par les hommes de passage donnaient à voir ce qui se passait au-delà du chef-lieu de canton. Et on y lisait les journaux. Bien loin de la sagesse et de l'ordre moral, on parlait fort. Conquête républicaine, émancipation de l'Église catholique… après quelques verres de vin ou d'alcool de fruit, les esprits s'échauffaient. Grand-Père nous avait souvent raconté sa guerre et « son Empereur », auquel il vouait une admiration totale. Nous avions changé d'empereur, sa femme Eugénie était l'objet de toutes les critiques, surtout pour ses convictions religieuses trop affirmées, différentes des nôtres. Les coquetiers qui venaient chercher sur place nos œufs et nos fromages restaient plusieurs heures au village, après avoir payé ce qu'ils devaient en argent ou en café, savon et sucre. Ils racontaient autour d'une soupe ce qu'ils savaient des derniers événements dans le Dauphiné ou en Provence.

Certains soirs, à la ferme, les femmes et les enfants restés seuls recevaient autour de l'âtre de ces colporteurs venus des Alpes qui propageaient les idées nouvelles. La balle du marchand forain sur le dos, ils venaient régulièrement vendre les articles de ménage et de toilette aux maîtresses de maison qui les retenaient près du feu ou autour de la table. En même temps ils distribuaient des évangéliaires. Disciples des Vaudois, protestants italiens autrefois persécutés et réfugiés depuis longtemps dans nos contrées, ces voyageurs prônaient davantage le réveil religieux que le combat politique. Croisant le regard de ma sœur, je devinais son envie de poser des questions au pèlerin qui, bien trop tôt, reprendrait son bâton et saluerait notre mère, ignorant notre espoir de le voir s'attarder.

La période était riche en événements et je peux dire que mon intérêt pour la politique est né à cette époque. Ma sœur était aussi désireuse que moi d'apprendre le cours des choses. Je lui rapportais ce que j'avais entendu au cabaret puisqu'il lui était interdit. Je sentais dans les discours, dans mes lectures que le temps était venu, après des années d'immobilisme, de se faire entendre. Les choses et les hommes changeaient.

Un jour de marché à Dieulefit, accoudé au comptoir de l'Univers, place Chateauras, j'assistai à une scène toute nouvelle pour le jeune paysan que j'étais encore. Un homme, debout sur une des tables en bois, échevelé, suant de chaleur et de colère, invectivait le groupe qui l'entourait. Des incrédules, des étonnés et aussi des clients intéressés. Le patron, inquiet, hésitait à intervenir et nettoyait les verres nerveusement, ne les quittant pas des yeux. Il était question d'horaires, de temps de repos, de grève à Lyon, chez les métallurgistes. Un homme, plutôt âgé, dissimulé sous un large chapeau de feutre noir, éleva la voix : « Ici, c'est pas pareil, on a la société mutualiste quand même ! Elle a payé tous les frais du fils Mathieu pour sa main écrasée sous la presse. Monsieur Morin, il est venu en personne accompagner le pauvre petiot chez le médecin et il a remonté tout le monde en carriole jusqu'à Fabras, même que la femme Mathieu, elle en revenait pas de voir monsieur Morin dans sa cuisine ! »

J'essayais par bribes de comprendre, certains mots m'échappaient tant la discussion était vive, bruyante et désordonnée. Dans le tombereau qui remontait vers Comps, aux côtés de mon père, j'eus envie de quitter les chemins pierreux et soudain trop calmes, comme dans un élan trop longtemps retenu.

Après la défaite de Sedan et la reddition de l'Empereur sur le champ de bataille, les avis étaient divisés. Certains ne pouvaient en vouloir à Napoléon III : il avait fait le déplacement dans notre région après les grandes inondations dues aux crues du Rhône dont les anciens se souvenaient. Son fils, le prince Eugène, était né la même année que Nézida. Je me souviens que, petits, sur le chemin de l'école, nous chantions la comptine « L'Empereur, sa femme et le petit prince ». La proclamation de la Troisième République suscita beaucoup d'espoir chez ceux qui ne voulaient plus ni de monarchie ni d'empire.

J'étais très attiré par les opinions des républicains qui me semblaient justes et audacieuses. Ma culture protestante me portait vers les idées progressistes. En écoutant mon père, mes oncles et même l'instituteur, je ne faisais pas bien la différence entre rébellion, nouveau régime politique et affirmation religieuse. Les tensions, bien qu'apaisées, existaient encore. Il me revient en mémoire un événement qui échauffa les esprits au cabaret des Lombards : la ville de Crest, à quelques kilomètres, comptait cinq écoles communales dont deux, l'une de garçons, l'autre de filles, étaient dirigées par des protestants, le couple Allovon. La commune, répondant à la nouvelle politique, avait décidé de les transformer en deux écoles mixtes quant au culte et d'attribuer la direction de l'école de garçons à un jeune instituteur catholique jouissant de trois ans d'expérience. Son adjoint serait monsieur Allovon. Fort de ses dix-huit ans de service, celui-ci avait refusé cette position subalterne. Il accepta la direction de l'école de Dieulefit ! Il racontait haut et fort son histoire, qui faisait écho à bien d'autres tentatives d'humiliation.

Nous, protestants, avions confiance en la République, en ses nouvelles institutions, notamment dans le domaine de l'instruction publique. Celle-ci seule nous sauverait des maux qui nous écrasaient. Plus les hommes seraient éduqués, plus ils s'éloigneraient des superstitions contre lesquelles monsieur Barnier, notre maître d'école, nous avait mis en garde. J'entends encore mon père ouvrir sa Bible usée en se rapprochant de la lampe à huile, déclarer avec la solennité d'un pasteur qu'il faut que tout homme sache lire pour accéder au Livre sans intermédiaire, « d'homme à Dieu », disait-il. Des noms et des discours comme ceux de Jules Ferry ou de Ferdinand Buisson ne m'étaient pas inconnus, déformés peut-être, rapportés par quelques-uns que le vin de noix portait aux confidences. Cela me passionnait. Je trouvais dans ce bouillonnement d'idées nouvelles une réponse à mon désir, si ce n'est d'aventure, du moins de changement dans ma propre vie. Je ressentais très fort le besoin de participer. Il devait y avoir un moyen d'apporter ma pierre à l'édifice en construction.

Et puis un jour – j'avais vingt-trois ans –, ma chère sœur est venue me parler de sa rencontre avec Antonin Soubeyran. Nous étions près de la mare en contrebas de La Calade. Elle était rayonnante et si sûre d'elle : elle allait partir. Je me souviens avoir regardé avec tristesse notre maison dont la silhouette se dessinait dans le couchant. Je me souviens avoir pris ce soir-là la résolution de m'engager dans l'armée.

3

Joséphine

Elle avait attrapé mon bouquet de mariée. Il est vrai que je l'avais lancé intentionnellement dans sa direction. Mais il avait fallu déjouer l'attention avide de Marie-Louise Faure qui, par sa grande taille, avait toutes les chances de s'en saisir. Alors, plus fine et plus agile ou peut-être plus impatiente de mettre le dicton populaire de son côté, c'est elle, Nézida, qui l'avait reçu, levant bien haut ses bras en dentelle grège. Serait-elle mariée dans l'année ? Elle n'était pas juste élégante pour mon mariage, elle l'était simplement tout le temps. Qu'elle était belle ! Mon amie, ma sœur de choix… peu de souvenirs sans elle.

Maintenant, sachant ce qui est arrivé, je porte un autre regard sur ces années. Nézida était déjà si différente. Certains la trouvaient froide et hautaine. « Elle se prend pour une de la ville », disaient les jalouses de sa beauté ou de son maintien. Moi, je la voulais semblable et proche. Je l'admirais comme la lumière d'une étoile. Elle brillait, mais je ne la comprenais pas. Elle riait de choses simples comme lorsque son chien sautait dans l'étang en contrebas de La Calade puis s'ébrouait en nous éclaboussant. Mais le plus souvent, quand elle était à la ferme ou à l'école, elle ne riait pas. Tout au plus esquissait-elle un sourire devant les grimaces de ses frères. Tout était sérieux. Elle était dans l'attente de sa vraie vie. Nous étions des personnages dans l'antichambre ; elle était contrainte de grandir avec nous, elle ne s'imaginait pas vivre parmi nous.

Malgré la démesure de nos paysages, malgré la vue sans fin depuis nos chemins, tout lui était trop étroit. L'habitat de notre commune étant très dispersé, nos lieux de rencontre avaient pour nom les collines, les chemins caillouteux, les buissons protégeant du vent, les grands chênes du cimetière à l'abri de l'église ou la montée du château où nous retrouvions les autres enfants du village… heureuses d'être avec ceux de notre âge, un peu moins de traîner après nous les plus petits, confiés à notre garde.

Ses yeux noirs cherchaient d'autres espaces. Ma vie à moi était si simple, autour de la cheminée, avec ceux que j'aimais : mes parents, ma petite sœur, ma grand-mère. Les journées si semblables : l'école, les travaux de la ferme, le marché, les autres enfants et mon amie. Je grandissais doucement, me reposant sur ces certitudes. Ce qui me protégeait l'étouffait. Jamais en repos, le temps n'allait pas assez vite pour elle. La vie ne pouvait pas être déjà toute tracée. Un jour elle partirait, alors que nous ne nous posions même pas la question d'un ailleurs.

L'un de mes plus jolis souvenirs avec elle ? C'est une odeur de violette et de terre sous les ongles, d'avoir arraché à mains nues des fleurs nouvelles avec leurs racines. Nous remplissions la brouette en deux tas : le premier de fleurs et de leurs mottes de terre humide, le second juste avec les fleurs et les feuilles qui servaient à faire les bouquets. Les mottes étaient replantées dans des pots en argile récupérés dans la remise de la ferme.

Chaque printemps, nous abîmions nos genoux sur le sol humide de feuilles noires pour cueillir les premières fleurs délicates. Nous allions les vendre à côté de l'étal de mes parents, au marché de Dieulefit, le vendredi. Bien des après-midi après l'école, nous avons préparé des paniers de violettes. Le lendemain, tôt le matin, nous nous tenions toutes deux serrées dans la carriole de mon père pour nous réchauffer. Je sens encore l'odeur entêtante des fleurs, la froidure du vent, violent aux premières heures de mars. La langue râpeuse du chien couché sur nos genoux et son profil découpé sur le ciel. J'étais heureuse et fière d'avoir été choisie, d'être celle qui l'accompagnait. Mes parents installaient des tréteaux de bois, près du pont, dans le bas du marché, ensuite c'était notre affaire. Les bouquets liés par de larges brins d'herbe, les pots quelques centimes plus chers.

Et comment oublier les jours de foire à Dieulefit ? Une fois par mois, les parents nous laissaient à l'entrée du village, trop occupés à leur commerce. L'hiver, le jour se levait à peine. La foire était encore plus bruyante et joyeuse que le marché du vendredi. Tous ceux du canton affluaient pour régler mille et une affaires : la tombée de Dieulefit, disaient les parents, la descente des « montagnards ». Voix chaudes, parler sonore et accent jovial, le concert des animaux qui meuglent, piaillent ou bêlent, les femmes en bonnet ou chapeau noir, paniers aux bras pleins de tommes et de picodons, l'été des brassées de lavande sur tous les étals, l'hiver l'enclos des dindes et l'odeur envahissante des truffes noires.

Nous avions alors de longues heures devant nous. Main dans la main, l'aventure commençait. Parcourir le bourg un de ces jours où le village ne se ressemblait plus, un voyage pour les deux petites filles que nous étions. Nous nous perdions dans la foule, retenues par une animation, une nouveauté. Attirées par la bascule du poids public, nous restions parfois un long moment devant l'hôtel du Levant où les serveurs s'agitaient plus que d'habitude. La voiture à cheval du père Baptiste que nous appelions la Patache, surmontée d'une bâche verte, prévenait du son de sa cloche ceux qui avaient des lettres ou des colis à expédier. Elle se chargeait de les transporter jusqu'à Montélimar, où le train postal les emportait. Nous y serions bien montées, en route pour l'inconnu. Enfin, moi, j'étais heureuse que cela ne se réalise pas. Nous profitions d'une liberté merveilleuse. Ensemble.

Il n'est pas un jour de foire, aujourd'hui, où je ne me retourne et ne cherche son image, autour de moi, dans la rue. Sur le rebord de la fontaine de l'église, d'autres enfants comme nous ouvrent leurs yeux émerveillés, je pose ma main sur la pierre chaude où nous nous asseyions, quelques pièces gagnées nous permettaient d'acheter aux marchands ambulants des fritures de bachiquelles qui laissaient nos doigts brillants de sucre.

J'ai peine, en fermant les yeux, à revivre ce temps, maintenant que Nézida n'est plus là. Lorsque je descends au marché avec Jules et les enfants, les parfums de violette et de terre humide font battre mon cœur. Je revois son profil fier, je sens ses longs doigts entremêlés aux miens quand les secousses de la carriole nous faisaient danser de gauche et de droite dans les virages qui descendent vers la Fontête. Sa dernière image s'éloigne peu à peu, le souvenir de sa pâleur et de sa tristesse, dans cette odeur de violette. Moi, je suis toujours là, une famille accrochée à mes jupes et le doux regard de mon mari pour seul horizon.

Nézida ! Les garçons ne regardaient qu'elle. Mais très vite ils revenaient vers nous, car ils comprenaient qu'ils n'avaient aucune chance de lui plaire : pas besoin de paroles, ses yeux noirs parlaient tout seuls. Elle n'était méchante avec aucun, mais elle ne jouait pas à ces jeux de séduction enfantins. Elle attendait, se préparait à autre chose. J'ai peu parlé avec elle de ce qu'elle ressentait, je le regrette. Je parlais plus facilement de moi qui regardais les garçons de notre âge en me disant que celui qui partagerait ma vie était forcément l'un d'eux. Je m'amusais, attardant mon regard sur l'un ou sur l'autre, l'imaginant à mon bras à la sortie du temple... Nézida se moquait de moi.

Mes grands-parents, mes parents avaient toujours vécu ici. Ces garçons vivaient la même vie que moi, connaissaient les mêmes chemins, leurs parents dansaient aux mêmes fêtes que les miens, leurs frères et sœurs jouaient aux mêmes jeux dans les cours devant les maisons... tout était rassurant, dans l'ordre des choses. Alors pourquoi Nézida regardait-elle ailleurs ? Pourquoi les collines, si familières, n'étaient-elles pour elle que limites et obstacles ?

Nous avions toutes deux grandi ici. Nous savions, comme nos mères, que nos vies se dérouleraient soit à la ferme, soit aux manufactures de textiles ou de poteries qui employaient une nombreuse main-d'œuvre féminine. Les récits des conditions de travail par les femmes du village, des voisines, m'effrayaient. La sœur de ma mère, ma tante Suzanne, veuve, avait été obligée de descendre dans la vallée et d'embaucher à la manufacture pour survivre. Celles qui n'avaient pas ou plus de mari, ou aucune terre à exploiter, n'avaient pas d'autre choix. La terre réclame et se nourrit des hommes. Une femme sans homme est une femme sans terre. Bienheureuse malgré tout celle qui trouve à quelques kilomètres une place qui, même pénible, la nourrira, ainsi que ses enfants, si par malheur elle en a à charge. Très vite, d'ailleurs, ils pourront la rejoindre aux ateliers et contribuer à leur entretien.

Je souhaitais de toutes mes forces rester à l'abri de cette destinée, dans mes collines, à la terre et auprès de mon mari.

Mon pauvre Jules a lui aussi travaillé quelque temps chez Rodet & Cie. Avant, Dieu merci, de trouver à se louer dans une ferme d'Orcinas.

En rejetant notre condition, Nézida s'est crue capable d'affronter la ville. Elle s'y est brûlé l'âme et le cœur. Quand je dis cela, je ne me réjouis pas, bien sûr. Pas comme d'autres. Les sœurs Léa et Zoé Barnier, par exemple, qui semblent trouver un réconfort à la pauvreté de leur vie en moquant la fin tragique de celle qui les regardait de haut… Elle ne les regardait pas de haut. Elle ne les regardait pas du tout ! Quand leurs maris rentrent du cabaret en prenant la grange pour la maison tellement ils sont saouls, il faut bien se rassurer et se consoler avec le malheur des autres.

Je le sais, car elle me l'a dit sur ce banc, près de l'endroit où les eaux du Fau se jettent dans celles du Jabron, je sais ses efforts à s'en mordre les lèvres pour ne pas faiblir sous les humiliations à la ville : les regards narquois des femmes des collègues de son mari, ses silences pour ne pas dire de bêtises, ses hésitations quant à l'usage des couverts pendant les repas sous l'œil sévère de sa belle-mère. Le rappel incessant, qui lui était fait dans les premiers temps, de sa différence de condition et de ses manquements, la peur de se perdre dans le dédale des traboules, des rues et des avenues, mais son envie de tout voir, de tout savoir. Portée par une volonté héritée de sa terre et par l'amour de son mari, elle serrait fort ma main comme pour affirmer sa confiance en l'avenir. Je me souviens l'avoir enviée.

Un seul garçon du village aurait peut-être pu lui plaire. Et la retenir, qui sait ? Je m'imagine parfois comme notre vie aurait été différente. Elle serait près de moi, nous étendrions ensemble le linge sur les pierres, nous bavarderions, nos petits aux genoux, et le vent emporterait nos rires.

Il s'appelait Isidore, Isidore Bouchet. Plus jeune de quelques années mais si grand, si costaud qu'il n'y paraissait pas. Une chevelure épaisse et un regard franc. Un regard qui ne voyait qu'elle mais qui n'osait pas. Ami de Léopold, Isidore vivait au château, ce qui faisait notre admiration. Pourtant son père Aristide travaillait lui-même la terre avec les ouvriers agricoles et partageait les mêmes inquiétudes que nos parents au sujet de la sécheresse ou des pluies trop violentes. Isidore fréquentait l'école. Ses vêtements moins rapiécés que les nôtres et ses pèlerines plus chaudes le distinguaient de nous. Pas une fois Isidore n'a eu une attitude ou des paroles qui nous fassent sentir nos situations différentes. D'ailleurs, le château était plus une charge qu'une chance. Son père travaillait beaucoup pour rendre compte aux propriétaires du domaine – les Morin – qui ne venaient que très rarement sur leurs terres. Point culminant du village, le château imposait sa puissance. Sa cour intérieure, ses écuries et ses étables, le nombre important de chevaux de trait, le va-et-vient des ouvriers agricoles... Dans nos yeux d'enfants, cette imposante bâtisse dominait à la fois le village et ses habitants. Au-dessus du porche, le blason martelé pendant les journées révolutionnaires de 1789. Combien de bons moments avons-nous passé en contrebas, près d'une source qui alimente un bassin ? Dans ce lieu appelé la « serve », deux rochers resserrent l'entrée d'une sorte de grotte, à côté d'un chêne plus que centenaire, dont les racines saillantes ne se distinguent plus de la roche. La légende de la source nous faisait rêver. Elle racontait qu'une jeune châtelaine y avait caché ses bijoux. Elle était morte à l'âge de vingt ans. Ses parents n'avaient pas retrouvé son trésor. Qui de nous n'espérait pas découvrir ces bijoux oubliés ?

Nézida savait que son père appréciait Isidore qui avait toutes les qualités d'un bon mari. Même si Pierre Cordeil ne l'avouait pas, il avait d'abord celle d'être le fils du métayer du château. Il vantait ses mérites et ne les inventait pas, car Isidore était un garçon que plusieurs filles du village trouvaient à leur goût. Elle se promenait parfois en sa compagnie ou bien il la rejoignait lorsqu'il l'apercevait, de loin, gardant les chèvres près de l'étang juste en dessous de La Calade. Il y avait des livres au château et je crois me souvenir qu'ils ne parlaient que de ça. Elle lui posait sans cesse des questions. Elle trouvait près de cet étrange garçon ce qu'aucun autre du village ne pouvait lui offrir : un regard sur le monde. Il le faisait avec une délicatesse surprenante, en contradiction avec son physique. Il n'osait pas être entreprenant, il attendait, espérant un sourire, un signe.

Lors d'un feu de la Saint-Jean on les a vu danser ensemble, elle riait et courait en farandole autour du brasier, sa main dans la sienne. Les parents de Nézida espéraient, les vieilles femmes du village, pour qui les années défilent et comptent double, chuchotaient sur leur passage. Nous étions presque tous mariés, de nombreux enfants couraient autour de nous. Nos pères étaient rassurés par cette relève, même si les gendres n'étaient pas tous dignes de leur espoir. Le père de Nézida, lui, se désespérait. Il avait essayé maintes fois de susciter des rencontres avec sa fille : Éliel Barnier, Jean Bres et d'autres, sans succès. Il accusait sa femme Suzanne de l'avoir mal élevée. Il avait honte devant les hommes du village. Sa fille, la si belle, la si fière, la non-mariée. Quand il entendit les premières rumeurs, quand il comprit vers où les regards de sa fille se tournaient, ce ne fut plus la tristesse mais la colère qui s'empara de lui. Heureusement pour lui, il n'a pas vu partir Nézida, il ne l'a pas vue se marier, il est mort quelques mois avant. Il a peut-être espéré jusqu'au bout qu'elle changerait d'avis. On dit qu'Isidore serait venu le visiter la veille du dernier jour. Peut-être lui a-t-il confié sa fille ? Peut-être Pierre Cordeil s'est-il endormi réconforté ?

Antonin. Nézida me dit l'avoir rencontré lors du mariage d'une lointaine cousine à Dieulefit. Son nom était Antonin Soubeyran.

En costume, il parlait bien et fort, avec une grande facilité. Il ne l'avait pas remarquée tout de suite mais au cours de la fête ils avaient dansé ensemble. Puis il l'avait invitée à se joindre à son groupe d'amis lyonnais. Les jeunes femmes étaient élégantes et les jeunes hommes sûrs d'eux. Je compris qu'elle l'avait beaucoup observé car les détails qu'elle me donna de lui étaient précis. Je me souviens de ma drôle d'impression comme si elle me racontait une histoire tirée de l'un des livres qu'elle aimait. Je l'ai sentie attirée, troublée mais elle ne me dit rien de plus à son sujet. Je me retenais de lui poser mille questions. Elle mettait entre nous, pour la première fois peut-être, une distance qui m'était douloureuse. Son silence protégeait le sentiment précieux qu'elle venait de découvrir, elle parlait plus volontiers des jeunes gens de la ville qu'elle avait rencontrés : elle me racontait les toilettes et les manières des femmes, ce qu'ils avaient dit des spectacles et des musiques que nous ne connaissions pas. Je l'entends encore rire et me prendre le bras pour me faire danser. « Mais, ma Joséphine, n'as-tu pas envie toi aussi de découvrir tout cela ? » Elle envisageait cette vie sans crainte. La regarder, l'entendre me faisait approcher de ce qui pour moi était une aventure folle. L'inquiétude que cela représentait s'effaçait devant l'éclat de son regard.

J'aurais peut-être dû la dissuader ou juste lui dire que je ne voulais pas qu'elle parte. Mais je crois que rien ni personne n'aurait pu empêcher son départ parce qu'elle le voulait, tout simplement.

Aujourd'hui, la vie emprunte les mêmes chemins qu'hier. Les violettes reviennent chaque printemps, mes filles les cueillent de leurs petits doigts pour me les porter fièrement. Nos pas nous conduisent parfois vers le cimetière où nous les déposons en bouquet lié d'un brin d'herbe.

4

Jean-Antoine Barnier

Je me souviendrai longtemps de l'hiver 1882-1883. De fortes tempêtes de neige et des températures très basses paralysaient la vie du village. Un vent fort soufflait, provoquant la formation de congères qui empêchaient la circulation aussi bien vers Dieulefit que vers Truinas et Bourdeaux. Les chemins boueux devenaient dangereux.

Les écoliers les plus éloignés ne se déplaçaient plus. Le poêle de l'école ne suffisait pas à réchauffer les courageux. N'étant plus tout jeune, j'ai, moi aussi, souffert du froid. L'état du bâtiment occupait régulièrement, depuis des années, toutes les séances du conseil municipal. Étant secrétaire de mairie depuis plus de quarante ans, je suivais de très près les décisions et les contre-décisions du conseil. Sa réfection divisait les habitants, des familles se sont même définitivement fâchées entre elles !

Depuis les années 1790, le village possédait un édifice contigu à l'église qui servait à la fois de cure, de logement de fonction pour le garde champêtre, de mairie, de salle de classe et de logement pour l'instituteur. J'y ai commencé ma carrière en 1841. Ce bâtiment était insalubre. Chaque visite de l'inspection sanitaire ou des autorités académiques se soldait par un rapport désastreux. Il fut décidé plus tard, en attendant soit des réparations, soit une nouvelle construction, que l'école se ferait chez moi, aux Lombards, car je disposais de la place nécessaire. La commune me versait un loyer et les conditions de travail des enfants en avaient été améliorées.

C'est aux Lombards que j'ai eu la joie d'enseigner à Nézida Cordeil, puis de l'avoir comme assistante à mes côtés. Je disais au début de mon propos que l'hiver 1882-1883 avait été marquant par le grand froid, mais aussi, il faut le reconnaître, par la présence presque journalière de Nézida dans l'école. Elle était devenue une belle jeune femme, vêtue simplement mais toujours élégante. Elle avait environ vingt-cinq ans, je crois, je n'en suis pas certain. Elle n'était toujours pas mariée, ce qui la distinguait des jeunes femmes de son âge. Joséphine, sa grande amie, était déjà mère plusieurs fois. Très assidue à l'école dans son enfance, Nézida ne l'avait jamais vraiment quittée. Cet hiver-là, malgré la distance qui sépare La Calade de mon habitation, malgré les ravins enneigés et les mauvais chemins, malgré la nuit des matins et des soirs, elle vint me seconder quotidiennement. Ce n'était possible que l'hiver car, dès les beaux jours, les travaux de la ferme la retenaient comme la plupart de mes élèves. En hiver, il n'était pas rare qu'une cinquantaine d'enfants fréquente l'école quand ils n'étaient pas plus de huit ou dix dès le printemps.

La neige et la présence à la fois joyeuse et efficace de Nézida se mêlent dans mes souvenirs. Son sourire bienveillant à l'égard des petits comme des plus grands me manque aujourd'hui. Je lui ai souvent suggéré de devenir institutrice. Je connaissais son désir de quitter le village : enseigner pouvait être cette opportunité. Cela était tout à fait possible, sans difficultés, si ce n'est l'accord de ses parents. Nous avions la chance d'héberger à Dieulefit, derrière les établissements scolaires protestants, une école modèle, chargée de former les instituteurs et institutrices. Les jeunes gens et jeunes filles venaient de loin pour y étudier, logeant en internat ou chez l'habitant. Je regrette aujourd'hui de ne pas avoir insisté auprès d'elle. Je savais que les relations de Nézida avec Suzanne, sa mère, n'étaient pas faciles et que mon ancienne élève travaillait beaucoup à La Calade. Cela ne s'est pas fait. Une autre histoire l'attendait.

Nézida a fréquenté l'école dès l'âge de six ans. Je connaissais très bien sa famille. J'avais été le maître d'école de son père, Pierre, et de sa mère, Suzanne, ainsi que de son oncle Eugène et de Sophie et Virginie, ses tantes. J'ai connu son grand-père, Jean-Pierre Cordeil, maire pendant treize ans après avoir été longtemps conseiller municipal. Nous avons tous deux mené à bien l'enquête lancée par l'évêque de Valence auprès des curés de la Drôme : il leur avait été demandé d'envoyer en retour tout ce qu'ils savaient sur leur paroisse, dans un questionnaire à remplir. Le préfet avait invité les maires à seconder le curé. L'inspecteur d'académie verrait à cette occasion, « avec plaisir » – je me souviens encore de la formule – que « l'instituteur concourt à cette œuvre utile et patriotique ». Le résultat de l'enquête avait été rédigé par mes soins. Origine, développement, population, église, école, légendes, faune et flore, hommes marquants… une année de travail avec Jean-Pierre Cordeil, à collecter ces éléments, pris sur notre peu de temps libre. Très engagé dans les affaires de la commune, il portait le souvenir des mois passés auprès de l'empereur Napoléon Ier lors de la campagne de France. Les idées républicaines, qui l'intéressaient, l'effrayaient aussi un peu. J'ai beaucoup appris à ses côtés. J'ai admiré sa rigueur et sa loyauté envers les administrés.

Ce tout petit homme – il ne mesurait guère plus d'un mètre trente ; pour cette raison il avait été proposé à la réforme et malgré tout incorporé – fut un maire exemplaire. Il le fut jusqu'à sa démission en raison de son grand âge. Je l'ai bien souvent vu dans la maison commune avec sa petite-fille qui le suivait partout dès qu'elle le pouvait, sa main dans la sienne. Il semblait très fier d'elle. Quand il me demandait si elle me donnait satisfaction à l'école, ma réponse était toujours la même: « Nézida est une de mes meilleures élèves. »

Lorsqu'elle sut lire, ce qui arriva très vite, Nézida m'emprunta quantité d'ouvrages. Je me souviens bien de sa grande curiosité pour tous les sujets. Ce n'était pas si fréquent. La plupart de mes élèves peinaient à apprendre, venaient irrégulièrement à l'école quand ils ne s'y endormaient pas ! Quelques années plus tard, lorsqu'elle arrivait avec ses deux jeunes frères, Paul et Léopold, qu'elle tenait fermement de chaque main, je devinais qu'elle était levée depuis longtemps et avait déjà rempli sa lourde part de tâches ménagères. En classe, elle s'occupait très bien de ses frères et les forçait à se tenir sages et à écouter. Je crois qu'elle a vite compris que l'instruction était le chemin qui pouvait la conduire vers une vie différente de celle qui lui était promise.

Comme je l'ai dit, après avoir été une très bonne élève, Nézida a continué à venir régulièrement à l'école pour me seconder. Sa famille était de celles qui payaient le plus de contribution scolaire car elle faisait partie des plus aisées du village. Compte tenu de la misère dans laquelle de nombreuses familles vivaient, plusieurs bénéficiaient de la quasi-gratuité pour leurs enfants.

La liste était établie conjointement par le maire, le curé et le pasteur.

Nézida s'occupait particulièrement des élèves démunis, Aimé Arnaud, par exemple, dont le père Auguste travaillait pour les Cordeil à La Calade. Sa petite cousine, Léonie Arnaud, faisait elle aussi partie de ses protégés. Nézida voulait absolument lui apprendre à lire et lui montrait inlassablement, avec beaucoup de patience, l'abécédaire élimé de la classe. Je l'entends encore répéter en chantonnant avec elle la poésie de l'araignée et du ver à soie. De mémoire, elle disait :

L'araignée, en ces mots, raillait le ver à soie
Bon Dieu ! Que de lenteur dans tout ce que tu fais
Vois combien peu de temps j'emploie
À tapisser un mur d'innombrables filets
Soit, répondit le ver, mais ta toile est fragile,
Et puis, à quoi sert-elle ? À rien
Pour moi, mon travail est utile
Si je le fais peu, je le fais bien.

La petite, répondant aux exigences de Nézida, s'appliquait à ajouter le nom de l'auteur, « Le Bailly », ainsi que la date que j'ai oubliée.

Il arrivait à Nézida d'aller chercher cette enfant le matin et de la raccompagner les soirs d'hiver, à la nuit, sa mère étant chargée d'une trop nombreuse marmaille. Elle devait ensuite marcher encore longtemps pour regagner la ferme de ses parents. À l'abri de nos collines le son des cloches des fabriques ne parvenait pas jusqu'à l'école. Nous étions tous concernés par cette industrie pourvoyeuse d'emplois à de nombreux parents d'élèves.

Pour un vieil instituteur comme moi, la présence de cette jeune femme tant appréciée des enfants fut une chance. J'aimais beaucoup nos conversations le temps des récréations et après la classe. De véritables discussions entre un homme bientôt trop âgé pour enseigner et une jeune femme étonnante, cherchant à s'informer et à comprendre. Elle mesurait très bien les enjeux, la nécessité de l'instruction des enfants de nos villages. Le mouvement appelant à une laïcisation de l'enseignement s'amplifiait. Des anciens, souvent catholiques, je dois le dire, mais pas seulement, n'hésitaient pas à brocarder cet élan en le qualifiant de coercition laïcisatrice. La colère et l'inquiétude pointaient dans les propos des uns et des autres, à la ville, au sortir du temple ou de la chapelle. Au cabaret, tous se disaient d'accord : que pouvait être une école dénuée de dimension religieuse ? Je rapportais à Nézida les discussions au cours des réunions à Dieulefit, à Crest, parfois même à Valence, au sein de la Société pour l'encouragement de l'instruction primaire pour les protestants, la SEIPP, dans laquelle j'étais engagé. Je parlais avec elle comme avec mes collègues de la Société.

Nous partagions l'espoir que les deux communautés religieuses de notre région vivent tout à fait en paix. Nous étions loin, bien sûr, des violences passées, mais les rancœurs étaient parfois vives. Des tensions subsistaient dans de petits détails. Pendant des années le conseil municipal fut assailli de réclamations concernant le budget alloué au prêtre. Celui-ci se plaignait d'une inégalité de traitement entre les deux cultes. Le pasteur reprochait au prêtre de garder pour lui le produit de la quête, une belle somme les jours de fête. Le curé répondait qu'on l'obligeait à supporter un sonneur de cloches protestant. Comme secrétaire de mairie, il m'a fallu bien souvent garder mon calme ! Nous évoquions souvent ces sujets avec Nézida. Tant de tolérance chez une jeune femme qui n'avait jamais quitté notre campagne m'impressionnait. Son intuition, sa logique, sa vision des réformes nécessaires pour la formation des enfants, futurs citoyens, m'étonnaient. Son intelligence palliait l'absence d'expérience.

Lorsque j'appris sa rencontre avec Antonin Soubeyran, puis son projet de mariage, je fus à la fois heureux pour elle et triste pour l'école. La joie l'a emporté devant son bonheur et son enthousiasme lorsqu'elle est venue me l'annoncer. Les gens ne parlaient que de ça. Je ne sais pas ce que son père, Pierre, mort l'année précédente, en aurait pensé. Je l'avais souvent entendu se plaindre que sa fille refusait tous les prétendants qu'il lui proposait. Pourtant, tous braves garçons, travailleurs et fils de propriétaires. Il avait un peu honte et c'était un sujet de discorde avec Suzanne, sa femme. Il me reprochait presque de l'avoir trop instruite, de lui avoir mis de drôles d'idées dans la tête. Il s'inquiétait aussi pour Paul qui semblait suivre le même chemin. Heureusement Léopold, lui, donnait entière satisfaction à ses parents. Quel garnement, ce Léopold ! À croire qu'il n'avait pas le même sang.

Par la suite, lorsque les mauvaises nouvelles ont commencé à circuler à propos de Nézida, je ne veux pas dire que certains se sont réjouis, mais je n'ai senti chez eux ni compassion ni regret. Seul Isidore, ancien élève lui aussi, demeurant et travaillant toujours au château avec son père, Aristide Bouchet, venait me demander de ses nouvelles. Il montrait une sincère inquiétude pour celle qu'il aimait, je crois. Je ressens aujourd'hui une profonde tristesse en pensant à sa longue silhouette brune, pour qui, j'en étais persuadé, tout était possible.

Cette jeune femme justifie à elle seule les années de labeur qui pèsent désormais sur mes épaules de vieil homme. Tant de déceptions, tant de sentiment d'inutilité au matin d'une rentrée des classes où, retenus dans les fermes, je comptais le peu d'élèves présents. Tant d'espoirs devenus impossibles devant la décision sans appel d'un père refusant à son enfant l'accès à une autre vie que la sienne. Nézida n'avait pas cédé. Elle ne s'était pas soumise. J'allais bientôt quitter l'école et refermer la porte de la classe. Je pensais avec gratitude à ce qu'elle m'avait appris.

Elle est restée longtemps à l'école contre l'avis de sa mère. C'est peut-être sa ténacité qui lui a permis de rencontrer et d'épouser un homme instruit. Je regrette vraiment ce qui lui est arrivé. Elle méritait de vivre la vie à laquelle elle avait aspiré. Elle n'en aura pas eu le temps.

5

Suzanne

Mon premier-né est arrivé quatre ans après mon mariage. Magdeleine, ma mère, m'interrogeait du regard chaque mois. Quant à mon père, Antoine, inquiétude et pudeur lui interdisaient la moindre question. Je sentais les yeux des voisins se poser sur ma taille. Quatre années d'attente qui avaient occupé les conversations des veillées et des lessives communes autour des burgeires, les grandes bassines percées d'un trou que nous remplissions de cendre : nous n'avions pas de lavoir au village.

Lorsque finirent les commérages sur Pierre et moi, l'amertume était plus grande encore. C'était une fille. Je savais ce qu'il en était d'être une fille, étant née dans une famille sans garçon. Ma mère, Magdeleine, toujours accablée de travail, n'avait jamais perdu de temps en gestes d'affection envers moi. Mes parents avaient attendu en vain l'arrivée d'un autre enfant. Je vivais la venue tardive d'une fille comme une malédiction. Désormais je priais chaque soir pour que l'histoire ne se répète pas. Le souvenir de mon père, la tête dans ses mains calleuses, répétant : « À quoi bon ! », me hantait. Il avait fait face aux difficultés de notre modeste ferme, toutes ces années durant, les yeux pleins d'envie et d'admiration lorsqu'il croisait des voisins épaulés de leurs fils solides et vigoureux. Ces images, telles des murs, s'étaient dressées entre ma fille et moi dès sa naissance.

Mon mariage avait été fêté aux premières fraîcheurs, fin septembre, dans la joie et l'approbation familiale. J'avais seize ans, Pierre vingt et un. Je l'avais toujours vu à la ferme, aux noces et aux fêtes. Son père était le maire du village. Pierre était apprécié de tous. Il ne refusait aucune aide et prêtait naturellement ses bras et sa force. Je gardais souvent les chèvres dans les prés, vers Féline, et lorsqu'il faisait grand soleil, je descendais vers La Calade, la ferme familiale des parents de Pierre.

Tout le monde au village connaissait cette ferme imposante. C'était la maison du maire et lorsqu'un problème survenait, les habitants venaient directement y adresser leurs plaintes ou leurs réclamations. Sa situation, sur le chemin principal qui relie Dieulefit à Bourdeaux, en fait un lieu de passage animé. Les carrioles approvisionnant les manufactures en laines tondues, les charrettes descendant des montagnes les jours de marché et de foire, la diligence à heures régulières, toutes passaient au pied des peupliers qui abritent La Calade du vent mauvais. Orientée vers l'est et le sud pour recevoir la lumière du matin, une demi-cour intérieure où mon beau-père avait installé un fauteuil d'osier pour tirer tranquillement sur sa pipe de tabac gris.

J'aimais les chemins alentour protégés par la fraîcheur des chênes et mes chèvres appréciaient l'herbe tendre au bord de l'étang, juste en dessous de la bâtisse. Assise sur un tronc d'arbre, j'avais souvent observé Pierre dans ses travaux. Il était aidé de son frère Eugène, plus jeune, et de ses sœurs, Sophie et Virginie. Ces quatre-là ne se quittaient pas et leur complicité me faisait bien envie. Pierre ne semblait pas faire attention à la fille que j'étais. Je trouvais ses deux sœurs très jolies, je les regardais timidement, admirative d'un ruban, d'un détail de leur toilette.

Leur père, Jean-Pierre, faisait la fierté du village. Il était revenu de la campagne de France blessé mais médaillé, et j'avais entendu dire qu'il ne prononçait jamais le nom de Napoléon sans se découvrir. Un canon rouillé accueille toujours fièrement les visiteurs à l'entrée de La Calade. Mon beau-père ne m'a jamais raconté d'où venait cette pièce d'artillerie. Peut-être ma fille l'a-t-elle su car elle était la seule à parler avec lui. Elle disparaissait des heures entières sur les chemins en lui tenant la main. Pendant ce temps, elle ne travaillait pas.

Mon père s'était loué dans les fermes pendant de nombreuses années. Enfant, je le regardais emplir sa besace, emporter le pain, le fromage et le pot de confiture que ma mère disposait sur la table. Je savais alors qu'il partait pour plusieurs jours. Nous allions rester seules. Il revenait harassé. Il ne parlait pas beaucoup. Il cultivait le lopin de terre attenant à la maison, que nous louions : deux pièces sans étage, une remise, un poulailler. Mon père finit par trouver une place fixe chez un modeste propriétaire, il devint son homme à tout faire. Nous étions bien souvent seules dans le silence de la veillée. Seules aussi les soirs d'orage lorsque l'eau dévalait la montagne, chargée de boue et de pierres. J'entendais ma mère prier, pleurer parfois. Je manquais d'un frère, fort et courageux. Je m'endormais, suppliant le Seigneur d'exaucer ma prière.

Après quelques années, je devais avoir dix ans, Jean Terrot, le patron de mon père, lui proposa de racheter à bas prix la propriété de Serre-Blanc. Son fils unique était parti embaucher à la fabrique neuve de Souspierre. Veuf, il n'avait plus la force, à son âge, d'exploiter ses quelques arpents. La vente fut signée, prévoyant que monsieur Jean, nous l'avons toujours appelé ainsi, continuerait à loger jusqu'à sa mort dans le bâtiment attenant au corps principal de la ferme. J'aimais bien le vieil homme. Il s'asseyait, au soleil, sur la margelle du puits, sa pipe de bois clair à la bouche, et levait sa canne dans ma direction pour que j'approche. Il avait toujours quelques histoires à me raconter. Des histoires de loup ou de renard, de berger perdu, d'enfant désobéissant à qui il arrivait des aventures effrayantes. Il se répétait souvent mais je jouais les étonnées, ne voulant pas lui faire de peine.

Mes parents étaient enfin propriétaires. Pas assez riches pour employer un garçon de ferme, ils se tuaient à la tâche et chaque jour que Dieu faisait ils regrettaient qu'il leur manquât un fils.

La demande de Pierre fut reçue et acceptée le temps d'avaler un verre de vin trempé. Pour mes parents, aucun parti n'aurait pu présenter autant d'avantages. Les Cordeil les ont, après notre mariage, beaucoup aidés, leur prêtant le matériel qu'ils n'avaient pas les moyens d'acheter, ou les bras nécessaires pour les semis, la fauche et la récolte du foin. Mon père accueillait le garçon qu'il n'avait pas eu, ma mère semblait par cette union soulager sa culpabilité de n'avoir mis au monde qu'une fille. Il leur tardait d'accueillir un garçon : le mien. Mais c'est *elle* qui est arrivée…

Le jour du baptême de Nézida, la porte du temple étant en très mauvais état, l'assistance dut supporter les assauts du vent froid de novembre. Le temple faisait peine à voir. Nous étions pourtant nombreux à le fréquenter. L'église n'était pas mieux lotie, elle n'avait depuis quelques années plus de cloche pour appeler les fidèles. Notre maire, mon beau-père, avait pourtant fait des efforts pour trouver les fonds nécessaires à leur réparation. Le jour de son baptême, donc, c'est dans ce temple ouvert aux quatre vents que les deux familles et nos voisins se tenaient. Pierre avait belle allure, portant sa petite. Entourée de mes belles-sœurs et de mon beau-frère, ce jour-là, je me sentais rassurée et fière. Mais je n'espérais que la venue prochaine d'un garçon. Mon père cachait mal sa déception et ma mère n'osait pas s'attendrir.

J'avais imaginé tant de prénoms, une liste que j'annonçais fièrement à Pierre le soir, à son retour des champs. Moyse, Abraham, Adam… nous nous amusions à les accorder au nom des Cordeil. Pas une fois celui d'une fille ne me vint à l'esprit, comme pour conjurer le sort. Prise au dépourvu, un prénom surgit du plus loin de l'enfance, celui de l'héroïne d'un des rares livres illustrés que je possédais. Naïves images, pages écornées à force d'être lues, Nézida, depuis les terres lointaines du Québec, avait partagé mes heures de solitude. Ses aventures peuplées d'animaux dans une nature hostile, son courage, les ruses qu'elle employait pour affronter et vaincre les dangers, tout cela m'impressionnait, élargissait pour un temps les murs du réduit qui me servait de chambre. C'est à elle que je pensai en répondant à la matrone qui m'interrogeait sur le choix du prénom.

Nézida était une petite fille très calme : on aurait pu l'oublier, posée près de l'âtre dans son berceau de bois ou dans les champs dans un panier d'osier – un panier que mon beau-frère,

Eugène, avait amélioré de deux grandes anses permettant de l'accrocher à une branche solide... Les mouvements du bébé le faisaient se balancer naturellement.

Pierre était ému par notre fille. Il savait la tendresse d'une mère pour ses enfants, filles et garçons. Enfant, il avait eu pour modèle une mère entourée de fils et de filles, tous animés d'une gaîté et d'élans joyeux. Pierre l'avait entendu évoquer, les larmes aux yeux, la mort de sa première-née, Margouton, à l'âge de trois mois.

Mon beau-père, Jean-Pierre, semblait attiré par Nézida. Cette petite aux cheveux et aux yeux sombres le consolait de ses inquiétudes. Sa femme, Marguerite, depuis quelques mois gravement malade, ne quittait guère le lit. Elle mourut un an à peine après mon installation à La Calade, trop tôt pour assister aux festivités qui entourèrent la remise de la médaille de Sainte-Hélène aux anciens compagnons d'arme de Napoléon, dont son mari. Elle lui fut remise par le préfet, ainsi qu'à deux autres soldats de la Grande Armée, dans notre petit village ! Mon beau-père portait fièrement le ruban vert liseré de rouge, rayé verticalement de six étroites bandes de même couleur. Il aurait tant aimé partager avec elle cette décoration, lui montrer le cercle de bronze portant d'un côté l'effigie de Napoléon Ier et de l'autre la légende que je connais par cœur tant il l'a répétée: « Campagnes de 1792 à 1815.

À ses compagnons de gloire, ses dernières pensées ». Pendant le repas qui suivit la cérémonie officielle, accoudé aux planches recouvertes de nappes blanches, chargées de cochonnailles, en cette fin d'été, le héros du village, sa petite-fille sur les genoux, laissait perdre au-delà des collines son regard embué par la tristesse que le nombre de verres levés en son honneur ne parvenaient pas à dissiper. Marguerite lui manquait, mais Nézida laissait reposer sa petite tête sur son épaule.

Deux pièces nous avaient été réservées à La Calade. Je connaissais depuis toujours la maison, mais découvrais de l'intérieur ses coins et recoins. La salle commune me paraissait immense au souvenir de la nôtre. J'appréciais, après les repas en commun, de retrouver le calme et l'intimité avec Pierre sans être dérangée par cette enfant que l'on n'entendait pas. À table, mon beau-père présidait. J'ai souvenir de sa bienveillance à mon égard, toujours soucieux de mon bien-être et de celui de ma fille.

Enfin, en 1859, une immense joie emplit La Calade. Autant, près de trois années plus tôt, la naissance de ma fille avait été difficile, laborieuse, et je dois l'avouer par trop décevante pour moi, autant l'arrivée de notre petit Paul fut une réelle bénédiction. Le fils était enfin là. Pierre était heureux, mes parents me regardaient différemment, tout le monde me fêtait et m'entourait, même Grand-Père retrouvait un peu de sa joie. Nous étions mi-septembre, mais il faisait encore très chaud et Paul était d'une constitution fragile. J'ai découvert alors l'inquiétude d'une mère. Je le couvrais et le découvrais sans cesse. Je n'avais que peu de lait et Paul pleurait beaucoup. Je m'en voulais de ne pas lui suffire. Ma crainte était si grande de le perdre. Nous avons donc eu recours aux services d'une nourrice, Rosalie Paumier, la fille du garde champêtre. Cette forte fille rassasia mon petit.

Nézida me parut grandie par l'arrivée de son frère : elle s'intéressait à lui, le berçait. Elle veillait sur lui lorsque des travaux me tenaient éloignée. Elle restait près de l'âtre, les mois d'hiver, à côté du grand-père et de l'enfant. Aux beaux jours, assise sur les marches devant la maison, elle jetait des bouts de bois au chien tout en surveillant son frère.

Ces années restent dans mon souvenir les plus belles de notre vie. Pierre était dans la pleine force de l'âge, père de famille accompli. Il prenait en tout la relève de son propre père. J'étais le centre de la maisonnée, mes belles-sœurs étaient mariées, l'une à Orcinas, l'autre à Comps. Leur venue à La Calade apportait toujours beaucoup de joie. Je me sentais libre d'organiser la vie à mon idée, j'avais pris possession, en maîtresse de maison, de la vaisselle, du linge, osant enfin ouvrir les coffres et les malles. Eugène, pas encore marié, travaillait avec son frère. Je veillais donc sur mes trois hommes. Ma fille, encore si jeune, m'aidait de son mieux.

L'arrivée d'un deuxième fils, Jean-Louis, trois ans après Paul, finit de me combler. Jean-Louis, que nous avons vite appelé Léopold en souvenir d'un cousin de Pierre connu dans la famille pour sa réussite en tout ce qu'il entreprenait, était, contrairement à son frère, fort, bruyant, impatient. Par chance, une sœur de Rosalie offrit à cet enfant goulu le lait qui me manquait encore une fois. J'étais moins inquiète que pour Paul, le printemps était doux, Léopold était solide.

Ma fille accueillit l'arrivée de cet enfant avec détachement. Elle avait maintenant six ans, grande pour son âge, toujours sérieuse, elle prenait part aux tâches nombreuses et s'exprimait peu. Seul son grand-père avait droit à ses sourires. Elle aimait le faire parler le soir à la veillée ou prendre le chemin en contrebas, sa main dans la sienne, le chien sur les talons. Elle lui faisait raconter la guerre et tout ce qu'il avait vu, là-bas, dans le nord. Maintenant, avec le recul, je crois qu'elle l'aimait surtout car il était le seul à prendre le temps d'écouter les découvertes qu'elle faisait dans ses livres. Il l'encourageait, la félicitait pour sa lecture parfaite et sa belle écriture. Je n'osais rien dire.

À partir de septembre 1862, ma fille quitta chaque matin la maison pour quelques heures d'école. Cela n'était pas facile pour moi. Elle manquait aux tâches ménagères, elle manquait pour surveiller ses frères… pour la première fois, elle me manquait. Mais Pierre tenait à ce qu'elle s'instruise. J'avais moi-même passé peu de temps à l'école. Je lis mais mal, et je n'écris que très peu. Pierre est beaucoup plus instruit que moi. Nous avons tous eu le même maître : Jean-Antoine Barnier.

Plusieurs kilomètres séparent La Calade de la maison d'école. Je l'appelle ainsi, car la classe a lieu chez le maître, l'école n'étant plus en état de recevoir les enfants. Monsieur Barnier, natif du village, n'était pas comme ces maîtres de passage dont parlaient nos aînés, des maîtres ambulants originaires des Hautes-Alpes qui se louaient aux communes, les mois d'hiver, le temps d'apprendre aux enfants des vallées reculées à lire, écrire, compter. À demeure, il a instruit toutes les générations. Il était aussi secrétaire de mairie et mon beau-père l'appréciait beaucoup. Son écriture parfaite, ses registres bien tenus et surtout ses lettres à l'Empereur faisaient son admiration. Tous ne lui témoignaient pas le même respect, certains trouvant qu'il passait trop de temps à ses cultures au détriment de son enseignement. L'école était au centre des commérages : des élèves indigents étaient accueillis gratuitement, quand les autres versaient une rétribution scolaire dont le montant était décidé par le conseil municipal. Cela donnait lieu à des contestations et des jalousies. Il faut dire que nous avions appris que le fils du château ne payait pas. La rétribution variait selon l'âge des enfants.

Quelques familles auraient préféré qu'elle soit calculée en fonction des jours de présence de leurs enfants, ce que le conseil municipal avait toujours refusé de voter.

Il fallut donc payer pour que Nézida aille à l'école. Je n'étais pas d'accord, mais son père et son grand-père ne m'ont pas laissé le choix. Ce fut donc le cours de monsieur Barnier… Malgré le froid en hiver et les kilomètres à parcourir à pied, je ne l'ai jamais entendue se plaindre. L'école l'éloignait de la maison. Les livres l'éloignaient de nous. Elle faisait le travail domestique mais de plus en plus vite. Elle gardait les chèvres, mais absorbée dans sa lecture, elle perdit des bêtes plus d'une fois. Je m'en ouvris à son père et ce furent nos premières disputes !

Pierre était fier d'elle et disait que bientôt elle se marierait, que si elle était instruite elle trouverait un bon parti. Il ne voulait pas qu'elle ait un jour à partir à l'aube, vers Dieulefit, pour une journée de douze heures à la manufacture. Il évoquait souvent les cohortes d'ouvrières qu'il avait croisées tandis qu'il descendait au marché et qui attendaient le son de la cloche pour l'embauche. Il était difficile d'imaginer les ateliers, les bandes de fabriqueuses sortant tard le soir des moulinages : de très jeunes gens, des hommes aussi bien que des femmes de tous âges occupés aux machines textiles. Au village, nous nous croyions retirés très loin de ces activités, dans le bas de la vallée il y avait pourtant une petite ville industrielle.

Des amis, des voisins étaient devenus ouvriers. Pierre ne souhaitait pas cette vie pour sa fille. Les deux grandes fabriques, Rodet et Morin, attiraient de plus en plus de paysans par une paie régulière, mais les conditions de travail étaient difficiles. Pierre n'imaginait pas Nézida dans un atelier à l'atmosphère humide et surchauffée, celle du travail de la soie et de la laine. Parce qu'il n'avait reçu aucune terre en héritage et avait déjà trop d'enfants à nourrir, passé un temps, Jules, le mari de Joséphine, avait embauché aux entreprises Rodet. En remontant de sa journée de travail en carriole, il offrait le spectacle d'un tel épuisement qu'il n'était pour Pierre aucune discussion possible : Nézida ne serait pas ouvrière ! J'avais souvent insisté sur l'appoint que nous donnerait un salaire régulier. Pierre ne voulait rien entendre. De plus, avait-il dit pour clore la discussion, ces emplois n'ont rien de garanti, une maladie des vers à soie, comme la pébrine, et tous les ouvriers étaient au chômage… Cette industrie est comme nos cultures, dépendante des conditions extérieures. Je n'avais plus rien à ajouter.

L'indulgence envers Nézida m'agaçait. Je commençais à écouter les bavardages de celles qui trouvaient ma fille hautaine. Personne ne la souhaitait comme bru. Elle grandit ainsi entre école et travaux de la ferme, entre lecture et vagabondages avec son amie Joséphine. Ces deux-là ne se quittaient pas.

L'attitude de Pierre se mit à changer lorsque vers seize ans les premières filles de nos voisins se marièrent. Notre fille avait quitté le banc de l'école le plus tard possible, elle aidait encore et toujours monsieur Barnier, comme si moi je n'avais pas besoin d'aide, elle rechignait à reprendre sa place à la ferme. Aborder la question du mariage avec elle était impossible, elle se renfermait, refusait et fuyait, imposant le silence de ses yeux noirs. Elle était invitée à toutes les noces. Son père m'interrogeait. À son âge, j'étais mariée depuis longtemps. Les voisins s'étonnaient : elle faisait la fière, disaient-ils. L'attitude de Nézida commençait à déplaire à Pierre. Son père ne la comprenait plus. Et moi je ne la connaissais pas. Elle ne m'offrait que son obstination muette.

Les années ont passé. Pierre se désespérait. Nézida avait presque vingt-six ans. Elle tenait maintenant La Calade avec moi. Le Grand-Père était mort depuis bientôt cinq ans. Souvent elle empruntait son bâton pour rassembler les chèvres et portait sa pèlerine pour se protéger du vent.

C'est alors que deux événements, à quelques jours d'intervalle, changèrent le cours de notre vie. Le premier fut la noce, à Dieulefit, de la fille d'une cousine germaine de Pierre. C'était fin mai. La tradition veut qu'après le temple le repas de mariage se déroule chez les parents de la mariée : il eut lieu cette fois chez les parents du marié à Dieulefit, vers la Pie verte. Des tables fleuries attendaient les convives, un orchestre jouait. Je ne connaissais que très peu de monde, il y avait surtout des gens de la ville et même de la très grande ville, Lyon. Pierre discutait avec d'autres propriétaires. Les jeunes gens partageaient de grandes tables. Après le repas ils se mirent à danser. J'ai pensé que ma fille ne les connaissait pas et qu'elle allait passer pour une sotte. Mais je l'ai vu prendre part aux farandoles, puis danser en changeant souvent de partenaire. Elle était soudain enjouée, les joues rouges, elle semblait s'amuser.

Le lendemain, Léopold m'apprit qu'elle avait surtout dansé avec le même jeune homme élégant. Il me rapporta aussi qu'elle avait bu avec lui du vin pétillant. Au retour de la noce, dans le tombereau tiré par les chevaux, je les observais tous deux : Pierre n'avait posé aucune question à Nézida qui était restée silencieuse. Le lendemain, les rumeurs allaient bon train, des voisins parlèrent à Pierre de sa fille et des garçons de la ville. Cela le mit en colère.

Quelques jours plus tard, Pierre rentra des champs couvert de sueur. Je mis cela sur le compte de la chaleur, déjà forte en cette fin juin. Il refusa de manger. Et après une nuit agitée, au matin, la fièvre l'avait gagné. Il respirait mal, peinait à se lever. Il n'y a pas de médecin au village. La tisane de violette, le vin chaud poivré et sucré ne le soulagèrent pas. J'ai envoyé ma fille chercher Éliel Barnier, le voisin le plus proche, et prévenir son oncle Eugène afin qu'il descende à Dieulefit chercher le médecin. Ils ne montèrent tous les trois que tard dans l'après-midi à La Calade. Pierre allait de plus en plus mal, la fièvre ne baissait pas. Les poumons de mon mari étaient très pris. Le lendemain, malgré les remèdes, Pierre était très faible. Je n'ai pas quitté son chevet. Mes fils tenaient la ferme. Sophie et Virginie étaient venues aider, elles aussi. Ma fille veillait son père pour que je puisse me reposer.

Le médecin est revenu et j'ai compris à ses explications et aux précautions qu'il prenait pour me les annoncer que mon mari était au plus mal. Le 5 juin au matin, Pierre s'est éteint en me tenant la main. Dans un coin de la chambre, Nézida était restée debout, droite. Elle sortit sans un regard, sans un mot.

Je ne l'ai pas oublié.

La ferme repose maintenant sur Léopold, mon plus jeune fils. Paul détestait le travail des champs, se fatiguait vite, supportait mal le froid. Il préférait ses livres. Léopold avait vingt ans et La Calade est devenue son affaire. Depuis la mort de Pierre, je ne travaillais plus autant, j'étais fatiguée, je laissais toutes les bonnes volontés faire à ma place. Nos seules distractions au village sont les repas et les fêtes qui clôturent le travail commun accompli. Le ramassage des noix, la cueillette des fruits, les vendanges, les préparations après la mort du cochon. Mais la plus importante des fêtes, celle pour laquelle les jeunes filles se font plus belles que d'ordinaire, où les garçons espèrent se déclarer, reste notre fête patronale, la vogue, le dernier dimanche de septembre. Pierre m'y faisait danser chaque année, je sens encore le parfum de lavande qui émanait de son veston du dimanche, la force de ses épaules, ma fierté à son bras et le vin qui faisait aussi danser les collines au son de l'accordéon de mon père et du violon d'Eugène. La première vogue après la mort de mon mari fut très difficile pour moi.

Deux personnes extérieures au village y étaient présentes, deux jeunes hommes déjà aperçus lors du mariage d'Anna avec un fils Defaysse au début de l'été. Ils étaient l'objet de tous les regards mais parlaient surtout à ma fille, riaient et dansaient avec elle. J'ai commencé à m'inquiéter. J'avais remarqué qu'elle profitait souvent des carrioles qui descendaient à Dieulefit, surtout le dimanche. Elle a dû, plus d'une fois, remonter à pied. Pierre aurait-il accepté cela ? J'ai su bien plus tard qu'*il* était là, régulièrement en visite chez son frère. Nézida ne disait toujours rien mais je remarquais ses efforts de toilettes, de coiffure... Sa tante Virginie devait être au courant car elle lui prêtait rubans et dentelles.

Puis un jour, sans prévenir, par la fenêtre de derrière, j'ai vu approcher un homme que je ne connaissais pas. Vêtu comme pour une noce – il avait même des gants – il a croisé Léopold qui a posé ses outils, s'est essuyé les mains et s'est dirigé vers la maison. Nous étions en janvier, un jour de soleil et de vent du nord, le feu crépitait. Il est entré, s'est présenté : « Antonin Soubeyran », a-t-il dit, s'est approché du feu, a parlé de la ville de Lyon, de son poste avantageux, de son nom. J'ai tout mélangé, ne retenant qu'une chose : il s'intéressait à ma fille et nous demandait la permission de la fréquenter. Elle est arrivée dans la pièce comme portée par le vent. Elle n'était déjà plus avec nous…

Bien sûr, la famille Soubeyran ne m'était pas inconnue. C'est une des grandes familles protestantes de Dieulefit. Ma famille paternelle lui est d'ailleurs apparentée par je ne sais quelle alliance lointaine, mais leur condition n'a rien à voir avec la nôtre, nous qui sommes pourtant parmi les plus aisés du village. Je savais qu'ils étaient très pieux, qu'ils fréquentaient assidûment le temple, que leurs enfants avaient fait des études, que certains travaillaient à la direction des établissements Morin, la plus importante entreprise de textile de la région. C'était une famille respectable mais ils ne vivaient pas comme nous. J'étais trop lasse pour savoir que faire. Léopold a bien posé quelques questions. Paul est arrivé d'on ne sait où : sa complicité avec sa sœur m'a sauté aux yeux. Le souvenir de Pierre, la déception qui aurait été la sienne de la voir choisir un garçon de la ville ; tout se brouillait. La façon qu'elle avait de le regarder, son attitude envers moi. Je crois bien que, même si je n'avais pas donné mon accord, elle s'en serait passé. Elle est sortie peu après avec lui, nous laissant mes fils et moi silencieux. Elle est revenue quelques minutes plus tard et, je me souviens bien car c'était très rare, les yeux brillants de larmes, elle a posé sa main sur mon épaule. Puis elle s'est jetée dans les bras de son frère Paul pour l'embrasser et lui faire partager sa joie.

Pauvre Paul, s'il avait su ce que cette décision présageait de notre avenir à tous…

6

Ovide Soubeyran

C'était un dimanche. Nous sortions du temple. Famille et connaissances profitaient de ce moment pour échanger les nouvelles des enfants, des voisins, du village. Un pâle soleil favorisait les conversations qui s'éternisaient, les enfants jouaient dans nos jambes. Je connaissais tout le monde, n'ayant guère quitté Dieulefit que le temps du collège à Valence et d'un court séjour à Lyon. Mes parents m'y avaient envoyé chez un oncle dont je porte le prénom, en espérant qu'il me procurerait une situation. Mais, contre leurs espoirs, je revins très vite à Dieulefit pour entrer au service de la maison Morin & Cie où mon père et mon grand-père avaient travaillé.

À part une brève incorporation comme infirmier à la fin de la guerre contre la Prusse, j'ai toujours vécu ici et me suis beaucoup impliqué dans la vie de la paroisse. Je fis mon instruction religieuse et ma première communion avec le pasteur Paul Aeschimann qui fut pendant très longtemps un des pasteurs les plus aimés et les plus populaires de l'église réformée de Dieulefit.

C'est avec lui que je m'entretenais ce dimanche matin-là. Je sentais bien la présence de mon frère Antonin derrière moi. Il semblait m'attendre, ce qui n'était guère dans son habitude. Sitôt sorti de l'office, il s'empressait en général de retrouver ses amis à l'hôtel du Levant, face au temple, où ils prenaient un verre. Je l'avais pourtant mis en garde, lui répétant à l'envi qu'il ne devait pas aller là où il n'emmènerait ni sa femme ni ses enfants. C'était la règle de vie que je m'étais fixée. Et si j'ai pu, par le passé, apprécier de fumer en bonne compagnie au café, ce temps était révolu depuis que, père de famille, je ne voulais pas avoir à interdire à mes enfants ce que je ferais moi-même. Me revenaient souvent en mémoire les paroles de mademoiselle Tomasine, institutrice et animatrice de l'école du dimanche à la sacristie. Quand elle parlait des méfaits de l'alcool, les garçons pleuraient. Leurs pères ne recevaient pas leur paie le samedi pour ne pas la boire.

Antonin n'était certes pas encore marié mais sa vie à Lyon ne me semblait pas être celle d'un bon protestant. Nous avons, Antonin et moi, un an d'écart mais j'ai souvent le sentiment d'être beaucoup plus âgé que lui tant nos vies diffèrent. J'essaie de ne pas le juger et de rester ouvert et compréhensif car je tiens à ce qu'il sache qu'il peut se confier à moi. Je serais toujours à son écoute. Je sais que mes parents ont trop souvent souligné combien j'avais été un enfant facile puis un adulte sérieux ; un paroissien exemplaire. Mon mariage avec Emma les avait remplis de joie ainsi que la naissance de mes enfants. Depuis le décès de notre père, j'étais un recours pour ma mère, même si elle avait suivi mes deux frères à Lyon, espérant peut-être exercer sur eux sa surveillance et les maintenir dans le droit chemin. Elle se désespérait de les voir encore célibataires.

Ce jour-là, donc, je sentais qu'Antonin était pressé de me voir terminer ma conversation avec le pasteur. Nous avions des détails à régler pour la prochaine commémoration du Désert qui demande chaque année à la même époque beaucoup de travail au pasteur comme au conseil presbytéral dont je fais partie. Cette célébration exceptionnelle est en quelque sorte le point d'orgue de la vie paroissiale. Elle témoigne notre reconnaissance aux anciens qui étaient interdits de culte et ne pouvaient vivre leur foi au grand jour. Des pasteurs venus de loin, de Paris parfois, participaient à cette célébration magnifique, émouvante de simplicité, dans le souvenir des temps cruels, quand il fallait vivre caché au cœur des forêts et des vallons inaccessibles. On s'assemble dans un bois situé près du col de Bouttière, sur les hauteurs, en direction de Bourdeaux.

Je prétextai une affaire familiale urgente pour écourter la conversation et m'excusai en me retournant vers mon frère. Ma femme, Emma, s'engageait déjà avec les enfants dans la rue, vers la Malautière, notre maison familiale. Suivaient ma mère, penchée sur sa canne, et mon frère Henry présent lui aussi pour fêter l'anniversaire de mon dernier fils, André.

Antonin me prit par la manche et me conduisit un peu à l'écart. Il m'annonça qu'il venait de rencontrer une jeune femme. Je me souviens qu'il ne dit pas «jeune fille». Il l'avait vue une première fois lors du mariage de Pierre, notre cousin. Ils avaient dansé, elle avait ri avec ses amis lyonnais, et... elle lui avait beaucoup plu. Elle était de Comps, d'une famille de propriétaires: les Cordeil. Je connaissais ce nom, bien sûr, et situais la ferme dont il me parlait. Je me souvenais vaguement d'une grande brune mais, à ce mariage, Antonin était entouré de plusieurs jeunes filles d'ici ou de Lyon. Laquelle lui avait-elle plu?

Mon frère a toujours aimé la compagnie des femmes, qui le lui rendent bien. Combien de fois l'avais-je mis en garde à ce propos et rappelé à ses devoirs de chrétien? Lorsque, pour les établissements Morin et Cie, je partais en déplacement, je ne manquais pas de m'arrêter au 3 de la rue d'Andran, dans le bel appartement que ma mère et mes frères occupaient à Lyon. J'appréciais de prendre le temps de marcher le long de la Saône avec mes frères, ils parlaient plus librement qu'en présence de ma mère. En les écoutant, je me promettais de prier le soir même pour demander à Dieu de les éclairer.

Jamais auparavant Antonin n'avait parlé avec autant de profondeur et de tendresse. Jamais il n'avait semblé si sûr de lui. Il a évoqué l'âge de Nézida qui m'a un peu surpris mais, pour sa part, cela le confortait et le rassurait : elle n'était plus une enfant et réfléchirait à son engagement. Elle était instruite, non dénuée de conversation quand, à l'entendre, bien des filles de Dieulefit n'avaient rien à dire. Il était conscient de la différence de milieu et de mode de vie entre elle et lui, mais il lui apprendrait la ville, il la guiderait, elle était intelligente, elle s'habituerait. Protestante, elle s'impliquerait et s'engagerait auprès de la communauté, à Lyon.

Antonin semblait avoir pensé à tout. J'étais très étonné. Son enthousiasme était pour une fois tempéré par la réflexion.

Je lui ai rappelé ce que nous avions vécu enfants. Il me paraissait important, à ce moment-là précisément, d'évoquer des souvenirs difficiles. Nos parents étaient cousins germains. Notre père avait épousé la fille de sa tante : Marie Soubeyran. Notre mère avait fait un mariage contre son cœur. Notre père n'éprouvait guère plus de sentiments pour elle, ce mariage de convenance arrangeait toute la famille sauf les principaux intéressés. Nos parents se séparèrent avant notre naissance puis se retrouvèrent. Ils perdirent successivement trois petites filles en bas âge puis arrivèrent trois garçons, nous. Je me devais de rappeler à Antonin la tristesse de notre maison à cette époque.

Il devait réfléchir, s'engager avec le sentiment que c'était pour la vie. Je prononçais les paroles d'un père plus que celles d'un frère. Antonin était décidé. Il en parlerait à notre mère. Elle m'interrogerait certainement. Il me proposa de me présenter Nézida dès la semaine suivante : il ferait sans hésiter le voyage de nouveau. Devant tant d'insistance et de détermination, très inhabituelle chez mon frère, je ne pus que former tous mes vœux de bonheur pour lui. Je pris ses mains dans les miennes et prononçai quelques versets du psaume que j'aime tant :

Le Seigneur est ma lumière et mon salut ;
De qui aurais-je crainte ?
Le Seigneur est le rempart de ma vie ;
Devant qui tremblerais-je ?
« Espère le Seigneur, sois fort et prends courage. »

Le dimanche suivant, Emma était aussi impatiente que moi de rencontrer Nézida.

Antonin, arrivé la veille, nous avait emprunté la carriole pour la retrouver sur la route de Comps. Ne voulant pas l'intimider par un repas familial, mon frère avait suggéré à Nézida une promenade en notre compagnie sur les allées ombragées de platanes, le long de la rivière. Quelle prestance et quelle tenue ! Une simplicité austère, le regard noir, profond. Elle se tenait droite et ne baissait pas les yeux, soutenait la conversation autant qu'Antonin. Au retour, dans le jardin où Emma servit du vin cuit, elle regardait vivement autour d'elle, laissant percer un léger trouble qu'elle s'empressa de dissimuler.

Antonin m'observait, cherchant mon assentiment. Je le rassurai d'un signe.

Sa joie m'emplit de bonheur. Il n'avait pas choisi la voie la plus simple. Que le Seigneur veille sur lui…

7

Louise Soubeyran

Lyon, 20 février 1883

Mon cher frère,

Je viens par ce courrier t'annoncer une nouvelle qui me fait te réclamer bien des prières.

Antonin, tu le sais, qui nous a toujours donné du souci à son père et à moi – contrairement à son aîné, notre cher Ovide –, vient de m'annoncer qu'il fréquentait une jeune fille de Comps. Je me suis, dans un premier temps, réjouie à cette annonce. Antonin a dépassé les trente ans. Son frère a déjà quatre fils et je commençais à désespérer. Je ne sais quelle vie il a mené à Lyon avant que je m'y installe, depuis la mort de mon regretté Antoine. Antonin était jusqu'à présent très secret et s'il rentrait tard, souvent, je le mettais sur le compte de ses obligations professionnelles. T'ai-je dit, mon cher frère, que sur ce plan il réussit fort bien ? Il fréquente des gens qui semblent respectables. Je les ai rencontrés lors de dîners qu'il fait donner à la maison. Nous avons pour ce faire deux jeunes filles très bien qui s'occupent de la maisonnée.

Henry aussi vit avec nous, il travaille dans une banque dont il est l'un des comptables: la banque Aymard. Tu as certainement dû entendre parler de cet établissement. Malheureusement Henry non plus n'est pas marié et les deux frères s'entendent pour profiter de la vie lyonnaise qui n'a rien de commun avec la vie dieulefitoise, crois-moi. J'ai bien peur que ces deux-là n'aient pas hérité de la piété des Soubeyran. Ovide essaie bien de les sermonner, mais la vie à Lyon est pleine de tentations. Ils partent souvent ensemble faire du sport. De l'escrime, le croirais-tu ? Et s'en vont nager, aussi, avec d'autres jeunes gens de la banque, sur les rives du Rhône, aménagées pour cela. Ils m'y ont promenée tous les deux, l'autre jour, tu n'en reviendrais pas, des voitures à cheval il y en a partout, tellement qu'il devient dangereux de sortir. J'ai même aperçu une sorte de machine automobile, tu connais Antonin et son goût pour toutes ces inventions !

Comme tout change, mon cher frère. Je me laisse faire, je ne manque de rien mais je m'inquiète pour eux.

Je reviens à ce que je te disais, car je m'éloigne. Lorsque Antonin m'a parlé de son projet de mariage, je me suis réjouie. La promise est protestante, Dieu merci, alliée à la famille Soubeyran, mais elle est déjà bien vieille, vingt-six ans ! J'ai cru défaillir en l'apprenant. Que cela cache-t-il ? Je ne peux croire qu'Antonin – beau parleur, enjôleur et coquet comme il est – se soit entiché d'une fille en manque de prétendants. Ce qui va t'étonner le plus, mon cher Jules, c'est que c'est une fille de paysans. Elle n'a jamais quitté Comps et, pour faire sa demande, mon fils est allé dans leur ferme dont ils sont certes propriétaires, m'a-t-il dit, mais une ferme reculée dont le sol est en terre battue et où les poules entrent dans la cuisine comme dans un moulin. Te rends-tu compte, Jules ? Des poules dans la maison !

Si cette petite paysanne devait, un jour, veiller au bon entretien de notre logement à Lyon : des parquets cirés chaque semaine, de hauts plafonds, de larges fenêtres garnies de tentures, du personnel pour le service, saurait-elle s'y prendre ?

D'après Antonin, cette jeune fille a de l'instruction. Après l'école qu'elle a fréquentée longtemps, elle a continué à aider le maître du village. Elle est travailleuse et pleine d'autres qualités qu'il m'a vantées mais que j'ai déjà oubliées.

Mon cher Ovide, au moins, a épousé une fille de Dieulefit, habituée si ce n'est à la ville, du moins à vivre en société. Je suis quelquefois montée du côté de Comps avec Antoine, en carriole pour y chercher de l'huile de noix. Je peux t'assurer que j'en garde un souvenir pénible. Imaginer qu'Antonin est allé y rencontrer sa promise, ma future belle-fille, m'inquiète profondément.

Je sais ce que tu vas penser et me répondre que les mariages de raison ne sont pas les meilleurs. J'en ai fait moi-même l'expérience. Même éducation, même statut social, et tu sais bien que ce ne fut pas une union heureuse. Combien de fois m'as-tu écrit pour m'encourager à faire des efforts, à prier et à oublier mes rancœurs ? Antoine n'était ni galant, ni attentionné, tu le savais, mais tu me conseillais d'être patiente. N'est-ce pas toi qui m'as dit que deux personnes qui ne s'aiment pas au début de leur mariage peuvent, avec le temps, ressentir l'une pour l'autre de l'affection et de l'amitié ? Elles seront alors plus heureuses que deux anciens amoureux passionnés parce que le sentiment de l'affection et de l'amitié ne fait qu'augmenter avec le temps alors que la passion diminue toujours.

Mon cher frère, n'ai-je donc pas raison de me faire du souci pour mon Antonin qui me semble aveuglé par la passion ? Avant qu'il ne soit trop tard, ne pourrais-tu lui écrire ou, mieux, venir le voir à Lyon ? Son père n'est plus là pour le raisonner et je ne sais pas encore ce qu'en pense Ovide. Je lui en parlerai lorsque nous descendrons à Dieulefit. Nous y étions la semaine dernière pour l'anniversaire d'André, mon dernier petit-fils. Ces voyages, s'ils sont une joie pour moi, sont aussi devenus à mon âge source de grande fatigue. Dans le train je me sens bien, mais ensuite le trajet me semble long et épuisant. T'ai-je dit, Jules, que mes douleurs dans le dos me torturent sans répit ?

Mon cher frère, il me tarde de te revoir. Embrasse pour moi ma chère belle-sœur et mes neveux et nièces, et prie pour moi comme tu sais si bien le faire.

Louise Soubeyran

8

Antonin Soubeyran

La broche résistait sous mes doigts, une épingle recourbée la fixait sur le col de dentelle. Nous venions de refermer la porte derrière nous, derrière eux, ma famille. J'ai abandonné la broche et son fermoir, vaincu, et doucement, j'ai retiré une à une les épingles qui retenaient la couronne de fleurs blanches dans ses cheveux aussi sombres que ses yeux. Elle avait quitté son voile plus tôt dans la soirée. Nous étions enfin seuls. Dans ce moment tant attendu, ni l'un ni l'autre n'osait prononcer un mot. La chambre n'était plus celle que j'avais connue. Celle de la Malautière, mon enfance, une fenêtre sur le jardin qui s'étire en pente douce jusqu'à la rivière, jusqu'au lavoir. Ovide et Emma l'avaient aménagée pour leurs fils. La pièce était encombrée de deux lits massifs, permettant a peine de circuler.

C'est Nézida la première qui, en retirant sa broche, puis en libérant les boutons de perle en haut de sa robe, a pris l'initiative et m'a encouragé à l'aider. Sans baisser les yeux, sans jeu de fausse pudeur. Elle a étalé avec précaution sa robe sur le fauteuil à portée de bras. Elle se tenait en jupons et corset blancs devant moi. Une attitude dans cette intimité conforme à ce que je pressentais d'elle. Pas de mièvrerie, ni de séduction feinte, comme j'avais pu le vivre avec d'autres femmes, en ville, qui se laissaient faire, répondant au rôle qu'on attendait d'elles. Aucune précipitation maladroite non plus, comme chez les filles de ferme, pendant les travaux d'été. Non, une jeune femme droite, déterminée, prête à se donner sans calcul ni regrets, juste parce qu'elle m'aimait. Je n'ai pas honte de dire que ce fut pour moi une découverte des plus merveilleuses. Elle se jetait dans notre mariage comme dans mes bras, avec une ferveur, une confiance que je n'avais jamais connues. J'ai découvert son corps de femme en silence. Elle venait à moi les yeux grands ouverts sans lâcher ma main. J'ai retrouvé dans notre première nuit tout ce qui m'avait bouleversé lors de notre première rencontre.

C'était au mariage, à Dieulefit, de mon cousin Pierre Defaysse avec Anna Cordeil, une cousine éloignée de Nézida. Mon cousin vivait à Lyon, lui aussi, et nous avions des relations communes. Ce jour-là, de nombreux jeunes gens et jeunes filles avaient fait le déplacement pour la cérémonie et la fête. Nous nous étions regroupés autour des tables fleuries à la Pie verte, sur les hauteurs du bourg. J'avais remarqué une jeune femme brune sans chapeau, quand toutes les autres rivalisaient de fleurs, de fruits et de feuilles ornant leur coiffure plus ou moins gracieusement. Parée d'une simple couronne de lierre et de rubans pâles, dans une toilette très sobre, elle était accompagnée de sa mère qui semblait mal à l'aise dans cette assemblée de femmes élégantes.

Mon cousin avait acquis une très belle situation dans une banque en pleine expansion, le Crédit Lyonnais. Ses amis profitaient de l'occasion pour essayer leur tout nouvel appareil photographique, garni de plaques très sensibles. Des groupes admiratifs se massaient autour d'eux, suscitant de nombreux commentaires. Ce fut une des attractions du mariage de Pierre.

Nézida n'en avait certainement jamais vu, mais elle ne semblait ni intéressée ni impressionnée. J'ai souvent remarqué que, face aux situations nouvelles, aux objets inconnus, elle ne laissait jamais paraître la moindre surprise qui aurait pu trahir son ignorance. Fière, elle adoptait une attitude détachée. Je savais pourtant le feu qui l'animait et en maintes circonstances je reconnaissais l'éclat lumineux dans ses yeux à ce moment précis où elle mordait imperceptiblement sa lèvre inférieure comme pour retenir l'enthousiasme et le flot de questions prêtes à jaillir.

L'orchestre était joyeux. Mes amis lui firent honneur. À la première farandole, je passai devant la table où Nézida et ses parents, à côté d'un grand et fort jeune homme, buvaient de la clairette. Il y avait beaucoup de monde, difficile d'attirer son regard… À la seconde farandole, elle était toujours assise mais seule, sans son père qui parlait plus loin à d'autres paysans engoncés dans leur tenue du dimanche. Celui que je pensais, à raison, être son frère s'était éloigné lui aussi de la table, attiré par un attroupement autour d'un apprenti photographe qui tentait de réunir un groupe de jeunes filles dont les rires sonores parvenaient jusqu'à nous.

À la fin de la danse, mon frère Henry s'est approché. La main sur mon épaule, il m'a demandé ce que je regardais avec tant d'insistance. Connaissait-il cette jeune femme assise qui observait les danseurs et l'orchestre ? Non, m'a-t-il répondu, mais elle est très jolie ! Lorsque, quelques minutes plus tard, les premières notes d'une nouvelle farandole précipitèrent mes amis devant l'orchestre, je n'ai pas réfléchi. Évitant les tables, m'excusant de bousculer les convives, je suis allé vers elle. J'ai salué sa mère et tendu mon bras pour l'inviter à me suivre. Sans un regard vers sa mère, elle a de sa main gantée de dentelle saisi la mienne. Elle n'est, de toute la soirée, pas retournée à sa table. Nous avons dansé, parlé, bu du vin pétillant. J'ai bien croisé quelques regards interrogateurs, surtout celui d'Irène, la sœur d'un ami lyonnais, qui espérait probablement être ma partenaire de bal. Le vin aidant, mes camarades me dirent avec amusement avoir observé ma dernière conquête et m'avoir envié. Mon frère aîné, Ovide, Dieu merci, était très occupé par ces messieurs de la paroisse. Il me tournait le dos. Peut-être m'épargnerait-il cette fois son jugement.

La nuit s'avançait et de loin j'aperçus le bras de son père qui s'agitait dans notre direction. Je ne pouvais la retenir plus longtemps. Je baisai sa main, elle me salua un peu maladroitement, trahissant qu'elle n'avait pas l'habitude d'un tel geste. Je l'ai regardée monter dans la carriole en espérant qu'elle se retourne. Elle me fit enfin un geste de la main et un léger sourire. J'emportai son souvenir à Lyon, cherchant sans cesse l'occasion et la manière de la revoir. Je ne savais rien sur sa famille. Nous n'avions même pas échangé nos prénoms.

Plusieurs semaines après, elle n'avait pas quitté mes pensées. De retour à Dieulefit, en visite chez mon frère Ovide, j'appris que la vogue à Comps avait lieu ce même dimanche. Je prétextais quelques visites amicales pour quitter un peu vite la table familiale. Cette fête était connue et appréciée des villages alentour : musique, jeux, danse… nous y étions souvent allés avec mes parents et mes frères. N'osant m'y rendre seul, je priai mon cousin Charles Defaysse de m'accompagner.

La première personne que je vis fut son frère dont je n'avais pas oublié la corpulence. Lui aussi me reconnut et il eut du mal à me cacher sa surprise. Elle, je la vis de loin, aussi gracieuse que dans mes souvenirs. Entourée d'autres jeunes femmes, servant les uns, aidant les autres à installer des chaises pour les anciens, je la voyais pour la première fois dans son monde. Elle ne m'avait pas encore aperçu et je profitai de ces instants précieux, où, ne se sachant pas observée, elle se comportait naturellement au milieu des siens. J'aurais pu rester des heures à la regarder, mais elle leva les yeux et j'y lus la surprise et même de l'étonnement joyeux. S'excusant auprès de ses amis, elle se dirigea vers moi. Je la revois très bien dans sa robe sombre sous un tablier. Ma main tremblait un peu en prenant la sienne. La sienne frémit aussi… Elle eut du mal à retirer son tablier, s'agaçant du cordon noué comme si elle ne voulait pas que je la voie dans cette tenue. Son empressement me bouleversa.

Elle m'entraîna vers un groupe de jeunes gens qu'elle voulait me présenter. Ma tenue, tout à coup, me parut déplacée : j'étais en costume trop apprêté. Mon chapeau à la main m'encombrait. Une jeune femme à la taille épanouie par les maternités s'avança, c'était son amie d'enfance, un petit dans les bras, un autre à peine plus âgé accroché à sa jupe. Ce fut la première fois que j'entendis son prénom. J'en avais imaginé plusieurs que son souvenir m'avait inspirés. Je n'avais jamais entendu celui-là. Unique, comme elle.

Un homme me serra la main avec force, le sourire crispé, il s'appelait Isidore Bouchet. J'ai su plus tard, par mon beau-frère, qu'il avait été amoureux de Nézida. Je me prêtai de bonne grâce à tout le cérémonial des présentations. J'attendais surtout de me retrouver seul avec elle. Elle dut le sentir car elle m'entraîna vers un guéridon, à l'écart. Et s'adressa sans hésitation à mon cousin pour qu'il aille chercher à boire. Elle m'a un jour avoué avoir espéré qu'il prenne tout son temps.

Je ne voulais pas être inconvenant mais, moi, je n'avais pas beaucoup de temps. Il fallait que je me déclare et lui demande la permission de lui écrire ou de la revoir. Je repartais dans la soirée pour Lyon. Charles est revenu avec trois verres d'un vin piquant des plus mauvais. Nézida parlait de la vogue comme si elle en était l'organisatrice. Courses d'ânes, concours de force, jeux de dominos à l'auberge, jeux de loto… Les musiciens s'installaient déjà : accordéons, violons, les premières notes résonnaient. Je prévenais Nézida que je disposais de peu de temps, nous ne pourrions prendre part à tous ces divertissements. Mais je danserais et me promènerais avec elle, si elle voulait bien me faire découvrir son village que je connaissais un peu, bien sûr, mais qu'il me plaisait de parcourir en sa compagnie. Le village entier était retenu par la fête, nous étions seuls. Peut-être prendrait-elle ma main pour me guider ?… Laissant Charles un peu décontenancé, elle se leva, je la suivis. Je sentis quelques regards peser sur nous. Tandis que nous nous éloignions, j'aperçus sa mère tout de noir vêtue. Nézida m'apprit la mort de son père au printemps précédent. Elle me parla de sa famille, de Léopold, de son autre frère Paul, absent, j'en ai oublié la raison. Il me tardait de le rencontrer, presque jaloux de l'importance qu'il semblait avoir dans sa vie.

Ces confidences m'incitèrent à aller plus avant, je lui fis part de mon désir de la connaître mieux, je pris sa main, elle ne la retira pas. Nous étions de retour vers les musiciens. Nous avons dansé une farandole, des polkas et même une valse. Je n'eus qu'une partenaire. Charles dansait lui aussi, trouvant de jeunes paysannes à son goût.

C'est avec tristesse que je dus songer à repartir. Elle m'accompagna jusqu'à notre carriole. Je promis de revenir très vite. Je trouverais un moyen de l'en informer. Elle attendrait mes lettres, le facteur montant à Comps deux fois par semaine. Je lui envoyai un baiser de la main avant que le premier virage ne la fît disparaître de ma vue.

Je repris le cours de ma vie à Lyon, mais pour moi tout avait changé. Je travaillais, mais je ne sortais plus beaucoup. Mon frère Henry a vite compris et mis un mot sur mon état : j'étais amoureux ! J'écrivis beaucoup, reçus quelques lettres en réponse. D'une belle écriture, Nézida me décrivait les paysages qui entouraient La Calade, ses activités avec les enfants de l'école. Je n'avais qu'un désir, retourner la voir. Il y eut quelques dimanches… Je la prévenais bien en avance pour qu'elle trouvât une raison convenable de descendre à Dieulefit.

Nous déambulions alors dans les allées ou au bord du Jabron. Sa promenade préférée était la roseraie de la villa des Cèdres, une propriété aux arbres centenaires qui ouvrait ses grilles le dimanche, offrant à chacun un des plus jolis jardins de Dieulefit. La maison de maître et le parc attenant incarnaient la réussite de ces entrepreneurs locaux qui s'étaient enrichis grâce aux moulinages. Ces drapiers, devenus patrons de manufactures, en majorité protestants, républicains, instruits et cultivés, avaient leur idée du progrès social. L'ouverture du jardin au public en témoignait. Les cèdres majestueux déployaient leur ombre au-dessus des bancs de pierre. Nous pouvions parler des heures entières en marchant parmi les rosiers. La tonnelle, le long du bâtiment annexe servant aux domestiques, exhalait des parfums délicats. C'est à cet endroit même que je lui fis ma demande. Contre toute attente, espérant un mot, je reçus un baiser et deux bras autour de mon cou. Insouciante, ignorant le regard des promeneurs.

Le plus difficile restait à faire ! Prévenir nos familles, monter à Comps faire ma demande officielle à sa mère, à ses frères. Je pressentais la réaction de la mienne. Je souhaitais au plus vite lui présenter Nézida, ainsi qu'à mes frères.

Plus tard, Nézida m'a avoué être revenue chez elle à pied en chantonnant, légère, heureuse, pleine de projets, sans inquiétude ni crainte. Oui, beaucoup plus libre que moi face aux réactions familiales ! Je l'ai si souvent admirée pour sa capacité à choisir sa vie, à affirmer ses choix.

Les semaines suivantes, j'ai pris régulièrement le train et délaissé mes activités lyonnaises. Mon frère Ovide eut le temps de vérifier par lui-même à la fois le tempérament de Nézida et notre volonté à tous deux de nous engager.

Enfin vint le jour où je devais monter à Comps, ne sachant quel accueil on me ferait. Sa mère s'était adoucie depuis son veuvage. Elle m'a surtout semblé incapable de résister à la détermination de sa fille. Son plus jeune frère n'a osé émettre aucune réserve… et c'est ce jour-là que j'ai rencontré Paul, son autre frère. Nézida l'avait, en me le décrivant, paré de toutes les qualités. Il a été très accueillant, manifestement heureux du bonheur de sa sœur. Leur complicité était évidente.

Nous nous sommes mariés le 15 septembre 1883 à la mairie, puis au temple de Comps. Le maire, Auguste-Martial Mourier, visiblement nerveux, se trompa dans l'énumération de nos prénoms. Celui de Nézida s'accompagnait du doux prénom de sa tante Virginie. Ma mère avait insisté pour qu'il soit établi un contrat de mariage, qui avait été rédigé devant maître Louis Bertrand, notaire à Dieulefit. Mes deux frères, Ovide et Henry, furent mes témoins ; les deux frères de Nézida, Paul et Léopold, les siens. Léopold a signé de son véritable nom, Jean-Louis Cordeil. Sur l'acte de mariage la plume m'a échappé et une tache d'encre recouvre une partie de ma signature. Nos deux mères ont aussi paraphé l'acte puisque nos pères manquaient à chacun. Le temple de Comps était juste suffisant pour recevoir tous les invités. De nombreuses relations étaient venues pour l'occasion. L'invasion de Lyonnais, de Dieulefitois s'ajoutait à celle des paysans de Comps. La famille Cordeil était un peu intimidée devant les chapeaux et les costumes des gens de la ville.

Nézida lança son bouquet sur le parvis du temple. Une petite fille en sabots s'en saisit. Nézida se précipita pour l'embrasser, me glissant à l'oreille qu'il s'agissait de Léonie Arnaud, une petite indigente dont elle s'était occupée à l'école. La fillette, heureuse de serrer le bouquet contre elle, comprenait-elle que désormais plus personne ne viendrait la chercher, l'accompagner sur le chemin difficile de l'école ?

La fête qui suivit à La Calade fut joyeuse mais écourtée par une forte pluie d'orage qui dispersa les convives.

Notre première nuit était prévue à la Malautière. Nézida avait préparé quelques bagages, une malle devait suivre par courrier postal le lendemain. J'eus le sentiment de l'arracher à ses collines. Devant la maison, malgré la pluie fine après l'orage, les siens se tenaient debout les uns contre les autres, nous regardant partir. Ses deux frères, sa mère, un oncle, je crois, son amie Joséphine, dont on ne savait plus bien si c'était la pluie ou les larmes qui ruisselaient sur son visage… Même le chien allongé sur le bas-côté était comme résigné.

Dans la carriole, protégés d'une bâche, nous avons agité nos mains, envoyé des baisers. Pas de larmes, pas de regard embué pour Nézida. Elle n'a pas attendu de n'être plus en vue pour tourner la tête vers moi, serrer ma main et m'inonder de son sourire.

L'image de sa famille lui faisant ses adieux sous la pluie m'avait bouleversé.

Nous arrivâmes à la nuit à la Malautière. Il pleuvait fort à nouveau. Notre mère paraissait épuisée. Elle n'avait pas dit un mot de tout le trajet. Le malaise était perceptible. Emma, ma chère belle-sœur, vint à notre secours, proposa une infusion de mélisse citronnée de son jardin pour nous réchauffer. Ma mère refusa, prétextant une grande fatigue, et mon frère Henry la conduisit à sa chambre. Elle salua Nézida d'un bref signe de tête. Je remercie encore mon frère Ovide pour les paroles chaleureuses qu'il prononça alors et pour ses prières et vœux de bonheur.

Le lendemain de la noce, tout s'enchaîna très vite: notre départ pour Lyon en train, notre arrivée à l'appartement. Nézida était un mélange de petite fille fascinée par tant de nouveautés et de femme mûre, décidée à tout connaître. Grâce à Jeanne, la femme de Louis Aymard, elle a, quelques jours après son installation, noué des attaches avec la communauté protestante et notre pasteur. Au-delà de mes espérances, elle s'est lancée dans une multitude d'œuvres. Ses journées étaient aussi remplies que les miennes.

Je crois qu'elle a immédiatement séduit tout le monde par sa grâce et sa douceur alliées à une endurance et une volonté hors du commun.

9

Henry Soubeyran

Le lendemain du mariage nous sommes repartis pour Lyon. Nous étions en septembre, Antonin et moi devions retourner travailler.

Le trajet en carriole jusqu'à Montélimar fut très silencieux. Une gêne s'était installée. Notre mère, Louise, déjà très affaiblie, préférait fermer les yeux plutôt que de croiser le regard de sa toute nouvelle belle-fille. Autant elle était à l'aise en compagnie d'Emma, la femme de notre frère Ovide, autant elle n'avait échangé que les quelques paroles nécessaires à la bienséance avec Nézida. La veille, il avait bien fallu préparer aux jeunes mariés une chambre à la Malautière. Nous ne pouvions quitter Dieulefit dès la fin de la noce, il était beaucoup trop tard. Il fallait y dormir. Mère est allée se coucher rapidement pour ne pas les voir monter ensemble l'escalier de pierre vers leur chambre. Après une dernière prière commune, Ovide a serré sa belle-sœur dans ses bras et lui a souhaité de nouveau la bienvenue dans notre famille.

Ovide sait toujours trouver les mots et les gestes. Depuis le décès de notre père, il est l'arbre auquel nous nous appuyons tous. Sa piété est telle qu'il est toujours compréhensif et indulgent. Il est sans défaut comme le rappelle sans cesse notre mère. Nous ne pouvons, Antonin et moi, être jaloux de lui car elle a raison. Depuis son mariage avec Emma, depuis qu'il est père de famille, il est encore plus doux et aimant avec nous, toujours heureux de nous recevoir dans la maison familiale qui est maintenant la sienne.

J'admire mon frère aîné. Je n'ai pas eu, comme Antonin, à souffrir d'éternelles comparaisons. Il n'y a qu'un domaine où Antonin a dépassé Ovide, ce sont les études. Mais pour cela mes parents ne l'ont jamais vraiment félicité. Ils mettaient sans cesse en avant la fidélité de leur aîné revenu très vite à Dieulefit pour y travailler, y fonder une famille, veiller sur ses proches et occuper son banc au temple.

À Lyon, notre vie, à Antonin et à moi, était bien différente. Le plus difficile à notre arrivée dans la grande ville fut l'anonymat. Nous croisions sans les saluer tant d'inconnus que nous ne reverrions jamais. À Dieulefit où notre famille est établie depuis des siècles et respectée de tous, la Malautière, dans le bourg, était à nos yeux d'enfants le centre du monde. Mais ce qui m'a le plus étonné à Lyon, et Antonin m'a avoué avoir éprouvé la même chose, c'est l'absence de toute référence confessionnelle dans notre quotidien.

Chez nous, les commerçants sont soit catholiques soit protestants, installés de part et d'autre de la rue du bourg reliant le temple à l'église : sur la gauche les protestants, à droite les catholiques. Notre mère se serait privée plutôt que d'acheter sa viande ou ses picodons à la boucherie ou à l'épicerie catholiques. « Pas chez les papistes ! », disait-elle en détachant bien les syllabes. Seul le maire s'approvisionnait alternativement chez les uns et chez les autres dans un souci de paix sociale ou électoraliste. Bien sûr, il n'y a plus de guerre de religion, Dieu nous en garde. On se salue en soulevant le chapeau, on fait acte de charité en prenant des nouvelles d'un enfant ou d'un parent malade, mais, comme le disait souvent notre cher frère Ovide, « on vote avec ses pieds ». Il entend par là que correspondent bien souvent la religion et les opinions politiques. Chacun sait la confession et la tendance politique de son voisin au médecin qu'il consulte ou au café qu'il fréquente. À Dieulefit, la vie quotidienne est ordonnée depuis toujours par l'église et par le temple, aux deux extrémités de la rue principale. Tout le monde se connaît et se reconnaît ainsi.

À Lyon, nous étions libres de nos choix, de nos fréquentations. Dans notre vie professionnelle, dans nos activités sportives, les relations humaines sont régies par d'autres critères : l'origine sociale et géographique, les études…

Antonin et moi y avions d'abord vécu seuls. Ce logement trop grand pour nous deux était un havre. Il nous avait été recommandé par la communauté protestante de la Croix-Rousse, cette sorte de famille élargie rendant des services et protégeant les nouveaux venus. L'appartement était clair, vaste, nous employions une jeune fille pour tenir la maison. Très vite notre cercle amical s'est enrichi de mes connaissances comme de celles d'Antonin. Lyon était en pleine ébullition.

Après la mort de notre père, notre mère est venue nous y rejoindre. Ce fut un grand changement de vie pour elle. Nous lui avons laissé la grande chambre, au bout du couloir, pour préserver son repos. Elle sortait peu, faisait parfois quelques pas avec l'un d'entre nous, sur la place arborée en bas de la rue. À présent, nous étions secondés par une garde-malade et notre mère parut apaisée. Elle feignait de veiller sur notre conduite morale et trouvait qu'Antonin n'avait pas assez d'activités pieuses. Mon frère avait découvert l'escrime qu'il pratiquait avec mon ami et collègue Louis Aymard. Sa nouvelle passion, nécessitant adresse et concentration, occupait une grande partie de son temps libre. Nous avions tous les deux le goût de la natation que nous pratiquions dans les bassins aménagés en bord de Saône. Nous y retrouvions souvent des amis pour terminer la soirée.

Dans la carriole qui nous emmenait vers la gare de Montélimar, je me demandai comment notre vie allait se dérouler avec Nézida. Je la regardai, elle que je connaissais si peu et qui allait maintenant vivre dans l'appartement rue d'Andran. Comment ma belle-sœur, quittant son village, allait-elle s'habituer à Lyon ? J'appréhendais pour elle ce bouleversement.

Depuis notre départ, elle parlait peu, intimidée peut-être. Elle regardait autour d'elle comme si elle voyait le monde pour la première fois. Elle n'avait pas beaucoup quitté Comps et ses environs.

Antonin avait raison, elle était jolie, un maintien et une sobre élégance. Elle n'était plus une jeune fille, cela semblait poser un problème à notre mère qui se demandait ce que pouvait bien cacher une femme de vingt-six ans non encore mariée.

J'avais déjà croisé mon frère à Lyon en bonne compagnie. Il avait reçu chez nous, avant l'arrivée de notre mère. Je ne l'avais jamais vu aussi attentif et prévenant. Il souriait à sa jeune épouse, remontait le châle sur ses épaules, touchait furtivement son bras lorsque la carriole cahotait. Arrivés à la gare, elle ne lâcha pas sa main. Je crois qu'elle prenait le train pour la première fois.

Antonin l'installa près de la fenêtre afin qu'elle profite pleinement du paysage. L'automne s'annonçait doucement, les collines changeaient déjà de couleur. Elle passa le voyage à tout observer. Elle me fit l'effet d'une enfant. Antonin s'efforçait de parler à notre mère, de l'entretenir des familles rencontrées lors du mariage.

À Lyon, une voiture à cheval nous attendait pour nous conduire rue d'Andran. La porte cochère, les escaliers de bois cirés, le rideau de velours qui séparait le corridor du salon, tout brillait dans ses yeux et la laissait sans voix. Ses mains glissaient sur les objets qui lui étaient inconnus comme pour mieux les comprendre. Mon frère semblait si heureux ! Il la conduisit de pièce en pièce, lui montrant tour à tour les fauteuils profonds de part et d'autre de la cheminée, le service à thé en faïence fleurie posé sur la desserte, le miroir de Venise, les livres dans la bibliothèque dont elle caressa le dos relié de cuir rouge ou brun… Émouvante dans sa joie retenue, elle me regardait, le regardait, trop de mots se bousculant à ses lèvres pour n'en prononcer aucun. Antonin, passionné par la photographie, expliqua à sa jeune femme abasourdie par tant de nouveautés le fonctionnement de son tout nouvel appareil. Immobile près de la fenêtre, j'assistai ému aux larmes au spectacle de leur bonheur. Mère s'était retirée dans sa chambre, prétextant une grande lassitude.

Les premières semaines se sont révélées un peu difficiles. Pas de heurts, mais une gêne réciproque. Nous partions travailler le matin et je pense que Nézida se contenta dans les premiers temps de regarder la ville par la fenêtre. Je l'ai souvent imaginée, même si je ne l'ai jamais surprise, ouvrir en silence les portes des armoires et des commodes, effleurer la dentelle des nappes, caresser la porcelaine des services, admirer telle ou telle pièce de l'argenterie, ordonnée avec soin dans le vaisselier. Notre mère passait une grande partie de son temps dans sa chambre. Que faisait Nézida en nous attendant ? Peut-être prenait-elle un livre puis un autre, ne sachant par lequel commencer, comprenant qu'elle n'aurait pas à le rendre puisque désormais ils étaient tous à elle. Nous la retrouvions le soir lumineuse et joyeuse, comme au retour d'un beau voyage.

Elle disposait de quelques effets personnels arrivés par malle postale. Elle avait vraiment peu de vêtements. La première chose que fit mon frère fut de demander l'aide de Jeanne Aymard, l'épouse de notre ami Louis : elle la conduirait dans les magasins pour la vêtir.

Peu habituée aux dépenses, Nézida hésitait, alors Jeanne choisissait pour elle. Jeanne était gaie et délicieuse. Elle a beaucoup aidé ma belle-sœur, venant la chercher à l'appartement, lui présentant ses amies, la conviant aux goûters et réunions. Elle a entraîné Nézida à l'entraide protestante, située cours de la Liberté. En peu de temps, comme si une porte trop longtemps condamnée s'ouvrait enfin, Nézida s'engagea avec un enthousiasme juvénile, acceptant toutes les tâches, même les plus ingrates. Si elle a rencontré des difficultés dans ses relations avec les bonnes dames de la bourgeoisie protestante ou dans le travail qui lui était demandé, elle n'en a jamais parlé. Elle ne s'est jamais plainte, n'a jamais demandé d'aide.

Sous nos yeux admiratifs, la petite paysanne de Comps se transforma en une jeune femme étonnante qui nous faisait, à mon frère et moi, pendant le dîner, le récit de sa journée : elle occupait toute la conversation.

L'annonce de sa grossesse fut, je le reconnais, éclipsée par les conclusions alarmantes des médecins sur la santé déclinante de notre mère. Nézida ne parlait que rarement de son état, qui ne s'est vu que tardivement.

Elle ne s'est jamais reposée ni alitée, comme d'autres femmes. Elle semblait vouloir faire peu de cas de cet événement. Nézida multipliait les activités en dehors de la maison. Seul mon frère évoquait avec fierté son état.

Heureusement, dans son malheur, notre mère assista peu à tout cela : je pense que son éducation et sa manière d'envisager le rôle d'épouse l'auraient empêchée d'approuver sa belle-fille et l'aurait conduite à lui faire des reproches. Dieu merci, elle est partie doucement, entourée d'affection.

Ses obsèques eurent lieu à Dieulefit. Nézida avait insisté pour faire le voyage. Sa mère fit une courte apparition au temple. Ma belle-sœur ne monta pas à Comps. Prévenue de sa présence, son amie Joséphine descendit et Ovide la convia au repas familial à la Malautière qui suivit la cérémonie. Joséphine et Nézida s'absentèrent toutes deux dans le jardin, heureuses de se retrouver. Je les vois, se tenant par le bras, descendre vers la rivière et s'asseoir sur le banc de pierre. Nézida devait avoir tant de choses à lui dire…

Notre nouvelle vie à trois dans l'appartement à Lyon fut, malgré le chagrin, plus facile. Nézida se sentait libre. Elle modifia l'ameublement, prit un grand plaisir à rendre notre logement chaleureux. Très affecté par la disparition de notre mère, Antonin rentrait tard. Il passait beaucoup de temps au club d'escrime et aussi au café. À l'inverse, je rentrais vite après le travail, me plongeais dans la lecture ou partageais avec Nézida les nouvelles de la journée. Sa joie de vivre apportait tant de gaîté et de vie dans l'appartement !

Je l'appréciais de plus en plus. Elle me bousculait, m'étonnait. Jamais je n'avais rencontré une femme comme elle. Elle avait appris tellement vite sa nouvelle vie. Elle, si peu sûre d'elle à notre arrivée, se déplaçait maintenant avec facilité, entreprenait, œuvrait. Elle s'élançait sans cesse dans de nouveaux projets. L'emportant avec elle dans ce tourbillon, elle aidait Antonin à surmonter sa peine. Il se surprenait à approuver ses choix, contraires à ce qu'il aurait pu attendre d'une épouse. La grossesse de sa femme le rendait heureux. Il souhaitait qu'elle soit prudente et se ménage un peu plus.

Lorsque Nézida nous annonça, à la brasserie Georges où Antonin nous avait donné rendez-vous ainsi qu'à son frère Paul, sa décision de s'inscrire, après l'accouchement, à la formation d'infirmière, nous n'avons pu émettre la moindre réserve tant elle était certaine de son choix. Je crois que ce jour-là, tous les trois, nous avons pris une leçon. Une femme pouvait être ambitieuse, volontaire et libre. L'idée était un peu difficile à admettre. Mais ici, loin de nos familles, de nos connaissances et des commérages, elle était réalisable. Nézida souhaitait nous le prouver.

En sortant de la brasserie, nous avons marché tous les quatre de front. La lumière était belle sur le Rhône, nous avions la vie devant nous… Pour si peu de temps encore. Nous l'ignorions.

10

Léopold

Paul et Nézida sont partis de La Calade à quelques semaines d'intervalle. Chacun avec sa malle.

Notre mère et moi sommes restés seuls autour de la grande table. Nézida a laissé le chien : il l'a cherchée quelque temps puis, comme moi, s'est habitué à son absence ou s'est résigné.

Mon frère et ma sœur ont toujours été différents et unis, moi à part, et pas seulement parce que j'étais le plus jeune. Nézida passait beaucoup de temps avec mon ami Isidore Bouchet qui avait le même âge que moi. Non, j'étais à part car ils ne partageaient pas ce qui faisait ma vie : la ferme, les soins aux animaux, les cultures, les conversations avec les autres sur la chasse, la fabrication des pièges.

J'ai très vite aidé mon père et mon oncle Eugène. Je m'ennuyais à l'école, j'avais toujours mieux à faire dehors. Cela désespérait ma sœur qui, en classe, me forçait à écouter et à lire, surtout quand elle a commencé à aider le maître. Elle s'est toujours beaucoup occupée de moi, mais je n'ai jamais eu la complicité qu'elle avait avec Paul. Cela rendait notre mère folle. Elle se sentait dépossédée de son fils chéri. Pour ce qui me concerne, je n'ai jamais pris parti contre Nézida.

Je n'aimais pas quand les autres se moquaient d'elle parce qu'elle n'était pas mariée. Marie-Louise, par exemple, était très méchante avec elle. Je me souviens que, lors d'une fête de la Saint-Jean – ma sœur devait avoir vingt-deux ou vingt-trois ans –, Marie-Louise riait fort, claironnant qu'à force de refuser les prétendants Nézida serait bientôt vieille et obligée d'épouser le simple du village, celui que nous appelions Fraquint. Je n'aimais pas non plus quand les mères bavardaient, un sourire en coin à notre passage, ou quand notre père élevait la voix, encouragé par sa femme…

Je n'ai rien dit quand Nézida a voulu continuer l'école, puis quand elle se mit à expédier au plus vite ses tâches à la maison pour se rendre chez le maître et aider les enfants dans le besoin. Mes parents cherchaient mon appui, en vain.

Pourtant, Paul et Nézida ne m'ont jamais laissé entrer dans leur monde. Je ne sais pas s'ils se sont jamais aperçus que j'en souffrais. Nous étions dans la même chambre, je dormais avec mon frère mais ils avaient rapproché nos lits pour être à côté l'un de l'autre. Je m'endormais souvent bercé par leurs interminables conversations.

Avec les années, la question du mariage de Nézida devint le sujet central à la maison. Une obsession. Juste après venait une autre préoccupation : la ferme et le peu d'intérêt que mon frère aîné semblait porter à l'idée de la reprendre. Deux déceptions pour mes parents qui tournèrent leur espoir vers moi. Cela me plaisait, c'est vrai, mais après le décès de notre père, je compris que j'allais porter seul le poids de l'exploitation. Heureusement mon oncle Eugène qui, depuis son mariage, était installé à La Motte, à quelques kilomètres de La Calade, m'assura de son aide. Je pouvais me lancer.

C'est peut-être difficile de partir, mais quelqu'un s'est-il demandé s'il était facile pour moi de rester ? Mon sort a-t-il intéressé ma sœur et mon frère ? Dans leur esprit, j'étais fait pour cette vie : je trouverais une épouse et de l'aide pour la ferme. Cette certitude les rassurait et permettait à leur désir de liberté de se réaliser. Ils sont partis sans se retourner.

Ma mère se cachait pour pleurer. Lors du premier hiver sans eux, qui fut terriblement rigoureux, le silence pesait lourd autour de la cheminée.

Il m'est arrivé de descendre au marché de Dieulefit vendre nos fromages de chèvre et d'y rencontrer Ovide Soubeyran. Toujours très aimable, soulevant son chapeau pour me saluer, me conviant au temple le dimanche suivant, il me donnait des nouvelles de ma sœur. C'est par lui que j'appris sa grossesse. Et sa chute.

Elle avait de nombreuses activités dans la communauté protestante à Lyon. Et malgré son état, elle ne voulait pas se ménager et rester à la maison. Je rapportai ces nouvelles à ma mère qui, devant moi, en tout cas, ne manifesta guère d'intérêt.

Puis survinrent le décès et l'enterrement de madame Soubeyran. Je ne sais comment elle l'avait appris, mais Joséphine vint nous prévenir et nous proposa de descendre à Dieulefit avec la carriole de Jules, son époux. Nous pourrions présenter nos condoléances à la famille Soubeyran et embrasser Nézida. Par convenance, notre mère accepta. Je n'ai pu trouver le sommeil la veille des obsèques tant je me réjouissais de revoir ma sœur. Et Paul, qui serait peut-être là, lui aussi.

Ma mère et moi étions intimidés, il y avait beaucoup de monde devant le temple, à croire que tout Dieulefit s'était déplacé.

Je vis arriver Nézida au bras d'Antonin. Élégante comme je ne l'avais encore jamais vue. Une voilette noire protégeait son regard. Paul, un peu en retrait, se dirigea avec empressement vers nous. J'ai vu les yeux de ma mère s'embuer. Elle l'a serré très fort. Son uniforme militaire le vieillissait. Nous n'avons pu dire un mot à Nézida qu'à la sortie du temple. Ma mère la dévisagea. C'est avec une certaine gêne et retenue qu'elles s'embrassèrent et échangèrent quelques mots. Nézida s'inquiétait de sa santé. Avait-elle supporté l'hiver glacial ? Je ne me rappelle pas si ma mère évoqua sa grossesse.

Joséphine surgit, et c'est avec tendresse et émotion que Nézida l'enlaça.

Ovide proposa à la famille proche de se retrouver à la Malautière. Même Joséphine était conviée. À mon grand regret, ma mère déclina l'invitation. Après avoir embrassé une dernière fois Nézida et serré avec force la main de mon frère, je remontai à La Calade dans la carriole de Jules.

Ce court moment à la sortie du temple me laissa triste. Triste et en colère. Paul et Nézida avaient tout laissé derrière eux, et moi j'étais accablé de travail aux champs et avec les bêtes. Et j'étais le seul soutien de notre mère. Les mauvais jours je maugréais contre eux et leur égoïsme… Même si je dois convenir que je ne les enviais pas.

Le printemps et l'été suivants, les journées furent interminables. Lever très tôt, coucher très tard, je me donnai tout entier à l'exploitation. Ma mère nourrissait les ouvriers agricoles que j'avais été contraint d'embaucher. Mon ami et voisin Éliel Barnier me donnait un coup de main pour les plus gros travaux. Je n'avais même plus le temps de descendre au marché de Dieulefit. Ma mère profitait de la carriole des voisins pour aller y vendre les fromages. Je n'avais aucune nouvelle de ma sœur, ni de mon frère.

Un dimanche pourtant, juste avant notre départ pour le temple, j'étais monté dans la chambre enfiler la chemise blanche que ma mère amidonnait et posait chaque fin de semaine sur ma chaise, quand j'entendis des voix d'enfants dans la cour. Un regard par la fenêtre. Quatre garçons endimanchés, le plus âgé avait peut-être huit ans, le plus jeune trois ou quatre, dans une carriole du plus bel effet. Ma mère les accueillait. Ovide Soubeyran était au bas de l'escalier, toujours aussi chaleureux, accompagné de sa femme Emma. Ils avaient décidé d'assister au culte dans notre petit temple. Ovide revenait de Lyon où il avait passé quelques jours. Ils souhaitaient prendre de nos nouvelles et nous en donner. Nous ne pouvions refuser de faire le trajet avec eux. Les enfants se serrèrent pour nous laisser de la place.

Emma la première prononça le prénom de ma sœur : Nézida, enceinte, était fatiguée, la grosse chaleur de la ville l'incommodait. Antonin était très occupé et Paul en déplacement avec sa garnison dans l'Est. Nézida ne se plaignait pas. Elle passait beaucoup de temps à l'infirmerie protestante où désormais elle portait l'uniforme de garde-malade. Sa grossesse se voyait maintenant, bien sûr, mais elle n'était pas, selon Ovide, très ronde ! Le terme était prévu à la fin du mois de septembre.

Ovide avait conseillé à Nézida de terminer l'été au frais, chez eux, à Dieulefit. Antonin la rejoindrait plus tard. Ma sœur avait promis d'y réfléchir, mais elle s'était engagée dans son nouveau travail et ne voulait pas s'absenter trop longtemps. Elle verrait à la fin de sa grossesse, disait-elle. Ovide nous révéla aussi qu'elle avait le projet d'entreprendre des études d'infirmière avec son amie Camille.

Ma mère leva les yeux au ciel. L'arrivée au temple interrompit la conversation.

Chaque famille avait son banc réservé dans notre temple qui pouvait contenir une centaine de fidèles. Il y avait des bancs libres car les travaux d'été retenaient des paroissiens même le dimanche. Nous avons partagé nos prières avec la belle-famille de Nézida.

Il était assez rare que les Dieulefitois montent chez nous pour l'office.

La famille d'Ovide fut donc l'objet de tous les regards : les quatre fils si sages, souliers cirés et vestes propres. On chuchotait sur notre passage. Depuis le choix de ma sœur et son départ, je mesurai ce dimanche-là combien les jalousies et les jugements critiques étaient vifs.

11

Camille Delaitre

C'était début novembre, je m'en souviens car à l'Entraide nous commencions à penser à Noël. Il fallait s'y prendre bien à l'avance pour tout organiser. Collectes diverses, fabrication de bougies, répétitions des chorales d'enfants. Je l'ai vue arriver au temple, place du Change, où nous installions de nouveaux bancs. C'est Jeanne Aymard qui l'accompagnait, une personne très appréciée de la communauté ; très disponible, remuant ciel et terre et surtout les relations de son mari à la banque Aymard pour nous aider à financer nos projets.

Jeanne nous a présenté Nézida Soubeyran, nouvellement arrivée à Lyon et jeune mariée. Nous connaissions son mari, son beau-frère et même sa belle-mère qui, bien que très âgée et fatiguée, assistait sans faute au culte hebdomadaire. Je l'ai trouvée élégante dans sa simplicité. Grande, brune, les cheveux tirés en chignon. Elle a laissé Jeanne la présenter, a ajouté qu'elle souhaitait le plus rapidement possible se mettre à notre service. Elle ne semblait pas se proposer par devoir, mais bien plutôt par goût et avec enthousiasme. Elle conclut en évoquant son expérience des fêtes de Noël avec les enfants au village, lorsqu'elle secondait l'instituteur. Elle avait une expérience, elle pourrait nous soumettre des idées et les mettre en œuvre. Le pasteur surprit quelques bribes de notre conversation et trouva cette nouvelle recrue bien dynamique. Ce fut notre première rencontre. Nous ne nous sommes plus quittées.

L'organisation de ce premier Noël fut une véritable joie. Le pasteur avait fait installer un immense sapin, les enfants avaient peint des brindilles et des pommes de pin. L'arbre était illuminé d'une multitude de bougies. Les larmes me montent aux yeux quand je pense que ce premier Noël fut aussi le dernier avec elle.

Nézida devint la meilleure amie que l'on puisse souhaiter. Nous nous complétions, je pouvais commencer une phrase, elle la terminait. Nous avions la même façon de concevoir notre foi et nos engagements. Elle était complètement disponible. Aider les pauvres gens, les isolés, les malades n'était pas pour elle un passe-temps ou une manière de se donner bonne conscience. Elle croyait en la nécessité et l'utilité de ce qu'elle faisait.

Pour des raisons d'organisation interne nous avons été toutes deux placées par la responsable de paroisse à l'infirmerie protestante, cours

Général-Giraud, dans le 1er arrondissement. Les fondateurs avaient souhaité offrir à leurs coreligionnaires une alternative à l'hôpital public, impersonnel, déshumanisé et trop catholique. Le climat politique étant plutôt favorable, nous pouvions gagner du terrain dans le domaine de la médecine, traditionnellement occupé par les catholiques. Motivation confessionnelle mais aussi sociale, il fallait répondre à la souffrance des plus démunis, dans notre ville les ouvriers de la soie. Les notables fondateurs de cette institution avaient trouvé ainsi le moyen d'exercer leur foi tout en espérant la conversion des indigents.

Après Noël, nous avons toutes deux très vite commencé à travailler à l'infirmerie. Nous faisions de notre mieux, assistant les diaconesses qui répartissaient les tâches. Elles se méfiaient des infirmières laïques qu'elles soupçonnaient d'être vénales, cupides. Au début, il n'y avait que des consultations et des soins dans la journée. Bientôt les hospitalisations se sont développées et des médecins protestants se sont joints à nous. Il devenait nécessaire de nous former.

Nézida m'a dit n'avoir jamais envisagé de travailler, encore moins dans ce domaine. Elle s'était naturellement tournée vers l'enseignement dans son village. Dans le milieu lyonnais, j'avais pu être en contact avec des médecins amis de mes parents. Les récents progrès en prophylaxie ne m'étaient pas inconnus. Ma belle-sœur Élise a épousé un médecin qui, régulièrement, nous faisait part de son expérience. Je savais aussi que les premières femmes médecins commençaient à exercer. Contrairement à moi, Nézida ignorait tout ou presque du monde médical : pas même une sage-femme dans son village, et un seul médecin exerçant dans le canton de Dieulefit, à sept kilomètres de mauvais chemins embourbés tout l'hiver.

Ce monde-là nous a vite passionnées toutes les deux. Nous nous sentions utiles, mais pas seulement ; nous apprenions, nous réfléchissions, nous étions intellectuellement satisfaites.

Nézida arrivait la première à l'infirmerie et repartait le plus tard possible. J'étais moins disponible qu'elle, mon mari André aurait souhaité que je reste plus à la maison où ma mère s'occupait de mon fils, Adrien, âgé de deux ans. Quoique satisfaite de sa vie familiale, ma mère avait souffert d'un certain enfermement bourgeois. Elle m'avait toujours encouragée discrètement à réaliser mes projets. Elle fut un appui indéfectible lorsque nous avons, Nézida et moi, commencé à songer à nous inscrire à l'école d'infirmières. Elle semblait se réjouir pour moi et m'aidait en s'occupant d'Adrien.

Nous étions si excitées à cette idée. Ni l'une ni l'autre n'avions l'intention de nous contenter de ces comités de dames qui organisaient des ventes de charité ou des tombolas de bienfaisance, nécessaires bien sûr, mais notre ambition commune était autre.

Nézida avait parlé à son mari de son désir d'exercer ce métier, ainsi qu'à son frère Paul à qui elle ne cachait rien. Mon amie était entourée d'hommes ouverts et compréhensifs. Son beau-frère, Henry, la soutenait aussi. Seule sa belle-mère ne semblait pas apprécier sa façon de vivre. Nézida n'osait pas la contredire ni l'affronter. Elle feignait d'ignorer les réflexions acerbes dont je fus témoin lors de mes visites rue d'Andran.

Antonin, lui, était admiratif. Comme j'ai envié mon amie d'avoir un tel mari ! Il partageait son envie de liberté, lui-même s'essayait avec son frère et ses amis à de nombreuses activités nouvelles. L'escrime, la natation… et voilà que depuis peu, m'avait-elle dit, il s'intéressait aux machines automobiles ! Antonin se passionnait pour les récentes découvertes techniques comme le phonographe et la photographie. Il promettait à Nézida de bientôt la faire danser au milieu du salon ! Elle le croyait, des étoiles dans les yeux, le sourire éclatant. Ce sourire nous illuminait. Il me manque tant…

Nos maris, occupés par une après-midi sportive, nous laissaient en ville, qui, en écho à ce souffle nouveau, s'élargissait en grandes avenues que nous ne cessions de parcourir. Nous découvrions pendant des heures les nouveaux magasins de l'avenue de la République, ancienne rue Impériale. Nézida prenait mon bras tant il y avait de monde aux abords du magasin À la ville de Lyon qui s'élevait sur plusieurs étages :

« Toutes les nouveautés sur le modèle des grandes enseignes parisiennes ». Je retenais mon amie qui voulait tout voir, qui s'émerveillait telle une jeune fille des corsets colorés, des lingeries soyeuses, des robes en satin et de leurs armatures qui font la taille cambrée, des chapeaux à rubans, des gants et des étoles. Je ne pouvais l'arrêter. À la voir, si sobrement vêtue, si discrète, personne n'aurait pu imaginer chez elle un tel désir de couleurs et de dentelles. Et ce n'est qu'en lui proposant d'aller déguster une brioche à la praline, pâtisserie lyonnaise que je lui avais fait découvrir et dont elle raffolait, que j'arrivais en riant à atteindre la sortie du paradis. Il fallait comme moi connaître d'où elle venait, l'avoir entendu décrire les bas rapiécés et les pèlerines usées pour le comprendre. Nous terminions notre promenade en regardant les affiches et les programmes des théâtres. Nous rentrions de nos après-midi épuisées par nos longues marches, les bas poussiéreux et le chignon défait, mais tellement heureuses. « Merci ma Camille », disait-elle en se laissant tomber dans l'un des profonds fauteuils du salon. Elle ajoutait toujours cette marque affectueuse de possessivité devant le prénom de ceux qu'elle aimait.

Antonin nous proposait parfois d'aller avec eux le dimanche aux représentations d'opéra-comique ou aux ballets du Grand Théâtre, le spectacle préféré de Nézida. Elle trouvait cruelle la règle des trois débuts qui consiste pour le public à applaudir ou à siffler un acteur nouvellement engagé le jour de son troisième passage, décidant ainsi de son avenir de comédien dans la troupe. Nézida applaudissait toujours, quelle que soit la prestation. Elle aimait tous les spectacles et réussissait à convaincre Antonin de son sourire lumineux et d'un baiser sur le revers de sa veste. André n'appréciait guère ces démonstrations amoureuses que je trouvais touchantes.

Nous avions trente ans, et les soirées chez les Soubeyran étaient aussi libres et ouvertes que l'air du temps. Leur appartement rue d'Andran devint tout naturellement le centre de dîners animés, les idées nouvelles circulaient, des jeunes gens entreprenants partageaient leurs expériences et leur enthousiasme. Tous, avec nos origines différentes, faisions tomber les barrières, qu'elles soient sociales, géographiques ou politiques. Notre foi partagée nous faisait craindre les extrêmes, comme ces groupes anarchistes qui distribuaient leurs publications, voulaient semer le désordre et organisaient même des attentats. Nous avions été frappés par l'explosion dans le café de l'Assommoir, fréquenté par la bourgeoisie et qui, il y a deux ans, avait fait un mort et plusieurs blessés.

Nous parlions pendant des heures de tous les sujets : les nouvelles formes d'instruction, la diffusion du savoir, la place des femmes... ce n'était pas facile pour nos maris et frères peu habitués à de tels discours de notre part. Nous apprenions à penser différemment, du moins je l'espérais...

Lorsque Nézida m'apprit sa grossesse, elle ajouta, presque immédiatement, que cela ne changerait rien. Antonin était très heureux, elle n'était déjà plus si jeune, mais c'était dans l'ordre des choses. Si elle s'est sentie fatiguée en début de grossesse, elle n'en a rien laissé paraître. Jamais de plaintes, ni de refus de gardes à l'infirmerie.

La bibliothèque protestante s'étant elle aussi développée, nous allions régulièrement chercher des livres pour les patients. Nézida portait les colis comme les autres et marchait aussi vite. Elle avait tout prévu pour l'après. Elle appréciait beaucoup la jeune Éliette, garde-malade de madame Soubeyran. Il était difficile de croire que l'une était au service de l'autre. Leur complicité joyeuse égayait la maison. Elle serait parfaite pour s'occuper de l'enfant. Il serait facile de lui trouver une remplaçante pour s'occuper de sa belle-mère. De nouvelles inventions, comme les biberons en verre Robert, dont les affiches de réclame s'étalaient sur tous les murs, facilitaient l'allaitement artificiel. Nézida ne serait pas obligée de rester à demeure près de son enfant toute la journée, comme elle avait vu faire les femmes à Comps. Le souvenir de son amie Joséphine, dont elle me parlait souvent, l'avait marquée à cet égard.

L'hiver fut particulièrement froid. De grosses chutes de neige suivies de fortes gelées. Les trottoirs de la ville devinrent dangereux et

For miljøets skyld:
Vores blå Lidl bon

Med den blå Lidl bon gør vi sammen dine indkøb mere miljøvenlige.

Bæredygtig
fra bæredygtig træindustri

Langvarig
lys- og farvefast for langvarig læsbarhed

Genanvendelig
kan bortskaffes med papiraffald

Tak for dit indkøb!

Se mere på
lidl.dk

FSC
www.fsc.org
MIX
Papir | Støtter ansvarligt skovbrug
FSC® C107568

PÅ VEJ
MOD I
MORGEN

For miljøets skyld:
Vores blå Lidl bon

LIDL

Saltgade 19
6760 Ribe

			DKK
Mælk 3,5% UHT	12,95 x	2	25,90 B
Milbona Yoghurt 1,5	9,95 x	2	19,90 B
Gaardmand øko æg			24,95 B
Clementin, stk.	2,75 x	7	19,25 B
Appelsiner 2kg			23,00 B

SUM		113,00
Kontant EUR		
EUR	50,00 = DKK	362,50
Penge tilbage		-249,50
B 25,0 % ink.moms	113,00	22,60

Tilmeld dig
og spar med Lidl Plus

0267 355834/03 06.05.24 10:11

CVR.nr. 26630797

glissants. Nézida fit une chute sans gravité heureusement, mais cet incident l'obligea à prendre un peu de repos. Je passai la voir et la trouvai en colère contre elle-même, impatiente de reprendre ses activités. Nous avions beaucoup travaillé les jours précédents : la baisse brutale des températures était particulièrement douloureuse pour les familles indigentes. Nous aidions à la distribution de soupe, organisée dans la cave du temple du Change, où des chaises et quelques lits avaient été installés. Notre pasteur se donnait beaucoup de mal, affrontant entre autres la colère et les reproches des commerçants alentour qui voyaient d'un mauvais œil cet afflux de population indésirable, susceptible de gêner leur clientèle. Non seulement Nézida servait, réconfortait, réchauffait, mais elle savait aussi tenir tête aux mécontents avec force et conviction sans se laisser impressionner, ce dont j'étais incapable. Elle enrageait à l'idée de rester couchée alors que nous avions tant besoin d'elle.

Sa belle-mère gardait la chambre mais partageait son repas de midi avec elle. Nézida apprit, pendant ces quelques jours, à connaître la vieille femme. Elle me raconta les relations difficiles de celle-ci avec sa propre mère, combien l'affection maternelle lui avait manqué. Les trois frères aimaient profondément leur mère pour qui la vie maritale n'avait pas été facile. Antonin avait décrit à sa femme les emportements et les colères terribles de son père. Parfois, terrorisés, les trois frères se réfugiaient dans la tendresse bienveillante de leur mère : « C'est une sainte », disait d'elle Antonin, approuvé par Henry.

Même si elle sentait une certaine froideur de Louise Soubeyran à son égard, Nézida était émue. Elle avait su donner tendresse et affection à ses enfants, à Antonin, l'homme qu'elle aimait. Il avait été élevé par cette femme.

Indulgente, Nézida faisait en sorte que la cohabitation se passe le mieux possible.

Quant à Antonin, il se révéla très inquiet à la suite de l'accident de sa femme. Il tenta de calmer ses ardeurs et l'incitait à se ménager. Il la comprenait, la soutenait mais son unique priorité était l'enfant. Il ajoutait que tous étaient d'accord avec lui, Henry, bien sûr, et même Paul. Cela mettait Nézida en colère : son frère ne pouvait pas penser différemment d'elle !

Je la sentais agacée. Le ton monta quelquefois dans le couple, mais ils se réconciliaient rapidement d'un baiser ou d'un geste tendre.

Quant à moi, j'encourageais mon amie à être patiente, nous l'attendions tous. Ce n'était qu'une question de jours, nous avions tant de projets à réaliser ensemble.

12

Ovide

Dieu que cet hiver fut rigoureux ! Dieulefit fut bloqué par les congères, le mercure tomba dans les thermomètres à –15 °C plusieurs jours de suite. Je devais absolument, pour les établissements Morin, visiter des fournisseurs à Lyon. Je reportais de plusieurs jours mon voyage et profitais d'un léger dégel pour gagner Montélimar. Je n'ai jamais eu aussi froid en train. De tout le trajet je n'ai quitté ni gants, ni chapeau. Lyon était sous la neige et la circulation en voiture à cheval était périlleuse, comme pour les piétons.

En arrivant, j'ai trouvé les deux femmes de la maison alitées. Ma mère, que je n'avais pas vue depuis l'avent, me sembla bien affaiblie et terriblement amaigrie. Tout à la joie de me voir entrer dans sa chambre, elle eut du mal à calmer une respiration sifflante. Pour l'apaiser, je lui proposai de prier en silence avec moi, ma main sur la sienne qui reposait sur le drap. Je lui donnai des nouvelles des enfants, d'Emma, de la Malautière, sa maison devenue mienne, de Dieulefit et des voisins. Dans ses yeux toute sa tendresse de mère. Je lui demandai si elle se sentait bien à Lyon auprès de ses garçons et de Nézida. Je sentis tout de suite son inquiétude et, malgré ses difficultés à respirer, elle me raconta par le menu comment sa belle-fille vivait.

Elle ne se plaignait pas d'elle, mais trouvait que son mode de vie n'était pas celui d'une bonne protestante. Nézida attendait un enfant mais paraissait en faire peu de cas : elle partait toute la journée, recevait souvent des amies bruyantes, se reposait peu… Antonin acceptait tout cela, semblait même l'approuver, sauf depuis quelques jours ! Elle les avait entendus se disputer.

Ses yeux se fermèrent, elle était épuisée… je pris congé en embrassant son front ridé.

Éliette, la garde-malade, m'annonça ensuite auprès de ma belle-sœur, alitée elle aussi : une mauvaise chute sur un trottoir gelé. Le médecin l'avait rassurée sur son état mais de fortes douleurs de dos nécessitaient du repos. Sa tension était basse, elle ne grossissait pas assez. Je comparais, malgré moi, avec les grossesses d'Emma. Nézida ne paraissait pas enceinte. Je lui fis la remarque, mais elle changea très vite de sujet pour me décrire en détail tout ce que la communauté protestante de Lyon entreprenait… et combien elle trouvait un sens à sa foi, à sa vie tout entière dans ces divers engagements. Elle était animée d'un enthousiasme nouveau. Cherchait-elle à me convaincre ? À trouver un allié chez le frère aîné d'Antonin ? Je savais bien, et elle le savait aussi, que mon frère était sensible à mes avis même s'il ne les suivait pas toujours. Je crois qu'elle fut déçue par ma réaction. En effet, je lui dis trouver intéressant tout ce qu'elle racontait et sentais bien sa foi vivante au service des autres. Mais je me demandais si elle ne poursuivait pas, aussi et surtout, une démarche individuelle au profit de ses ambitions personnelles. Ne voulait-elle pas ignorer ce pour quoi elle était d'abord faite, donner la vie, aimer et prendre soin de sa famille ? Sa plus belle œuvre n'était-elle pas celle que la nature lui confiait ? Je lus, en quelques secondes, la déception et aussi l'incompréhension sur son visage. Elle voulut répliquer mais du bruit dans le salon se fit entendre : un de mes frères venait de rentrer. Je la saluais, lui souhaitais un prompt rétablissement. Elle détourna la tête sur son oreiller.

Dans le salon, je trouvai mon jeune frère Henry. Antonin entra quelques minutes plus tard, les mains et les joues rouges de froid. Nous trois réunis comme autrefois. Assis près du feu nous avons passé une soirée heureuse, entrecoupée de visites à notre mère. Ce fut la dernière fois qu'elle nous vit ensemble. Antonin nous abandonna un court moment pour aller voir sa femme. Henry me confirma les tensions perceptibles entre eux depuis plusieurs jours. Il se retira peu après le retour d'Antonin.

Antonin me proposa un verre de vin cuit : il avait oublié que je ne buvais pas. Il se servit et remit une bûche dans la cheminée. Je sentis qu'il voulait prolonger la soirée. Après cette journée de voyage épuisante je dus faire des efforts pour l'écouter. Je pris vite conscience du dilemme auquel mon frère se trouvait confronté.

Il aimait profondément sa femme, il était ébahi par son intégration. Elle s'était si vite habituée à tous ces changements. Tout le monde l'appréciait. Ils avaient des amis communs, profitaient de leur liberté et la vivaient ensemble. Antonin était cependant marqué par notre éducation : ce qu'il croyait juste, ce qui devait être, ce n'était pas la voie que suivait Nézida. La promesse de cette naissance changeait bien des choses. Il se sentait soudain responsable et le tourbillon, certes très agréable, de leur vie, les multiples projets de sa femme, tout à coup l'étourdissaient, lui faisaient peur. Nézida ne lui apparaissait plus d'abord intelligente et courageuse, mais bien plutôt inconsciente et inconséquente. À force de courir, de passer ses journées dehors, elle avait failli perdre leur enfant. Tout ce qui, jusqu'à aujourd'hui, lui avait paru des qualités se transformait en inquiétudes, en interrogations. Il s'était laissé entraîner, aveugler. Les idées nouvelles, tous ces changements étaient certes passionnants, mais tout allait trop vite.

Il aimait passionnément sa femme, mais Dieu, comme cet amour était difficile à vivre ! Il aurait préféré une existence comme la mienne où tout semble couler de source.

Nous avions, mes frères et moi, été élevés dans une société bourgeoise et pieuse d'industriels et de propriétaires terriens, de fonctionnaires attachés aux valeurs morales et religieuses. Même nos loisirs sont mesurés. On se prie à dîner, rarement à danser, à quelques parties de cartes mais on se retire de bonne heure. Parfois un pique-nique, un rassemblement amical sur l'herbe de Saint-Maurice. Les femmes ne sont pas plus ignorantes que les hommes, mais plus réservées et plus austères. Avec elles on lit, on travaille, on cultive le sens religieux. Leur solidité est faite de devoirs. Les premiers sont ceux d'épouse et de mère. Antonin ne pouvait être complètement détaché de ce modèle.

Luttant contre le sommeil, face à la détresse de mon frère, je lui ai conseillé de prier, de retrouver dans sa foi les fondements d'une existence droite et vertueuse. Et je le mis en garde contre tous les chemins éloignés de la morale et de la bienséance. Nézida l'avait séduit par sa beauté tout autant que par son intelligence. Elle était volontaire mais aussi obstinée, il fallait donc, par de l'amour et de la prévenance, lui faire entendre raison.

Antonin m'écouta les yeux baissés et ne répliqua pas. Mon pauvre frère, comme il m'a semblé perdu ce soir-là !

13

Éliette

Le lendemain de la mort de madame Soubeyran j'ai remis à monsieur Antonin la lettre qu'elle m'avait demandé de poster pour elle quelques jours plus tôt, mais je n'en avais pas eu le temps. Et j'ai cru bon de la donner à monsieur Antonin, même si elle ne lui était pas destinée. Il l'a à peine lue et l'a laissée traîner sur le guéridon. Moi je l'avais lue. Je sais que ce n'est pas bien – je le dirai au pasteur dimanche – mais je n'ai pas résisté. Je me suis occupée de Madame pendant de nombreux mois, elle me parlait beaucoup, je n'écoutais pas toujours. Je crois qu'elle me disait tout ce qu'elle n'osait pas dire à ses fils et surtout à sa belle-fille. Depuis qu'elle vivait avec eux, madame Soubeyran, très affaiblie, quittait peu la chambre, mais elle donnait encore son avis sur tout et, malgré sa piété, n'était pas très indulgente. Je crois que madame sa bru n'était pas celle qu'elle aurait souhaitée. Voici ce qu'elle avait donc écrit à son frère, monsieur Jules Defaysse, à Dieulefit.

Lyon, le 2 mai 1884

Mon cher frère,

Je sens qu'il ne me reste plus beaucoup de temps à vivre. Je suis très faible, j'ai toujours froid, je ne quitte pas souvent le lit. Il y a peu de temps encore, je faisais quelques pas sous les arbres de la place avec Henry et Antonin. Depuis notre dernière rencontre au mariage d'Antonin, l'automne dernier, j'ai bien décliné. Tu ne me reconnaîtrais pas. Mais je ne t'écris pas pour me plaindre, je suis prête à être rappelée par notre Seigneur, sans crainte ni regrets. Non, je t'écris pour te confier mon inquiétude. Cette Nézida n'est pas du tout la petite paysanne dont nous ne comprenions pas l'intérêt qu'Antonin pouvait bien lui trouver ! On aurait pu croire qu'elle serait effrayée de sa nouvelle vie, qu'elle resterait sagement à la maison, occupée à faire le bonheur de son mari qui travaille tant. Je pensais qu'entre le temple, les bonnes œuvres et la maison, ce mariage serait un moindre mal. Mais non, Jules, il faut que je m'en ouvre à toi, je perds ce qui me reste de forces à m'inquiéter. Antonin vient de m'annoncer une future naissance. Cela n'empêche pas sa femme de passer son temps dehors ! Heureusement qu'il y a du personnel pour tenir la maison. Elle rentre presque aussi tard que mes garçons, échevelée. Elle n'a pas de retenue. Je l'entends parler depuis ma chambre tard le soir avec son mari et Henry… et ces deux-là rient avec elle ! Antonin est complètement transformé. Certes cette Nézida est intelligente, mais si tu savais comme son comportement tranche avec celui de ma chère belle-fille Emma. Elle reçoit des amies qui parlent sans cesse, je crois même que certaines veulent travailler. Je m'attends à ce qu'elle fasse de même. Dieu merci, je ne verrai pas cela, mais je me fais bien du souci pour mon fils. Il ne se décide pas à suivre l'exemple d'Ovide. Qu'en dirait son pauvre père ? Tout cela est un bien mauvais exemple pour mon Henry.

Mon cher Jules, je n'ai plus de force pour continuer à t'écrire ce soir. Si tu voyais le joli bouquet de muguet qu'Antonin vient de m'offrir, il embaume toute la chambre. Te souviens-tu de celui que nous ramassions, enfants, sur les bords du Jabron ? Promets-moi de veiller sur tes neveux. Viens leur parler lors de ton prochain déplacement. Prie pour eux, prie pour moi.

Ta sœur affectionnée, Louise.

Je savais que Madame n'aimait pas trop la jeune Madame mais quand même, je comprends que Monsieur ne se soit pas intéressé à cette lettre. Moi je l'aime beaucoup, madame Nézida. D'abord, elle est simple et toujours bonne avec nous. Depuis qu'elle vit ici, la maison est beaucoup plus gaie. Elle ouvre les fenêtres, rapporte des fleurs. Ses amies viennent souvent, j'aime les entendre rire, et quand elles partagent des friandises, elles m'en proposent.

C'est la première place où l'on me traite si bien. Madame Nézida n'a pas eu l'habitude d'être servie, j'en suis sûre. Elle attend un enfant, je me réjouis mais madame Soubeyran m'en parlait encore et encore… très contrariée, inquiète. Elle critiquait la jeune Madame : « Une future mère ne devrait pas se conduire ainsi. » Je trouve qu'elle exagérait mais… Paix à son âme et que Dieu fasse que je garde ma place, malgré le départ de Madame. Je pourrais m'occuper de l'enfant si monsieur Antonin me le proposait.

14

Paul

J'ai quitté la ferme depuis deux ans déjà et je n'y étais pas revenu. En garnison dans l'est du pays, puis à Lyon. Depuis peu, je travaillais dans les bureaux. Mes supérieurs apprécient mon écriture et ma rapidité à comprendre ce qu'on attend de moi. Ma constitution fragile et mon goût pour les livres ne font pas de moi un parfait soldat, mais l'armée me fait voyager. À Lyon, j'ai à portée de main les bibliothèques, le musée. Et quelques amis. J'avais ma chère sœur, bien sûr.

Il y a quelques semaines encore je me promenais dans le parc de la Tête d'or, Nézida s'accrochant à mon bras. Nous nous arrêtions souvent sur un banc à l'ombre de grands arbres, l'été était chaud. Certains jours, je la laissais là, me dirigeais vers le kiosque et lui rapportais un cornet glacé qu'elle accueillait de son beau sourire. J'avais devant moi un personnage sorti d'un tableau de ce peintre lyonnais, Ernest Roman, dont j'avais récemment admiré la délicatesse au musée des

Beaux-Arts : l'ombrelle repliée, les rubans lavande du chapeau rappelant la dentelle des manches. Attiré par la blancheur des bottines, je repensais à nos sabots de bois. J'étais si heureux d'être près d'elle. Nous avions réussi, loin des chemins de notre enfance, à rester unis. Bien sûr, elle était mariée, bien sûr, je la voyais moins souvent et, les obligations professionnelles d'Antonin la laissant souvent seule, elle avait dû tenir compagnie à sa belle-mère, Louise, quand elle vivait avec eux. Nézida ne s'était jamais plainte à ce sujet, elle savait l'attachement d'Antonin pour sa mère, ses activités lui prenaient beaucoup de temps, elle faisait de son mieux pour tout concilier. Après des débuts de vie commune un peu difficiles, les deux femmes s'étaient plutôt bien entendues.

Mais la santé de Louise Soubeyran s'est rapidement dégradée. Elle est décédée en mai dernier. Ma sœur était enceinte de quatre mois.

Les mois suivants, très affecté par la mort de sa mère, Antonin s'est mis à rentrer plus tard le soir plutôt que de rechercher du réconfort auprès de sa femme. Il partait parfois le dimanche entier pour le passer avec ses amis. Lors d'une de mes visites, j'ai pu en discuter avec son frère Henry, lui aussi très attristé. Il passait ses soirées le plus souvent à la maison. Nézida était proche de lui. Après la mort de Louise, ils ont passé beaucoup de temps ensemble, trouvant le réconfort dans leur intérêt commun pour la lecture.

Certains jours je sentais que les choses n'allaient pas assez vite pour Nézida. Quoique heureuse de donner bientôt un enfant à Antonin, ma sœur était éprise de liberté. Elle hésitait entre son désir de plaire à son mari, de correspondre à ce qu'il attendait d'elle, et son envie de se former pour réaliser ses rêves. Confusément, elle ne comprenait pas qu'un homme comme lui soit venu chercher une femme comme elle. À Comps, je l'avais vue tenir tête à tout le monde : aux parents, aux voisins, aux commères, aux filles du village... Je ne l'avais jamais vue baisser les yeux sous les moqueries et les paroles blessantes. Ici, je la sentais plus fragile et plus inquiète. Les épouses des collègues d'Antonin lui avaient-elles fait sentir sa condition de fille venue d'un hameau reculé de la Drôme ? Ses toilettes étaient plus variées, mais elles restaient simples. Nézida faisait attention à ses manières à table, en société. Moi qui la connaissais bien, je percevais ses efforts. Mais Antonin les remarquait-il ?

L'amour que Nézida avait pour son mari était si intense qu'il la transformait. Lorsqu'elle parlait d'Antonin, je ne la reconnaissais plus et je l'enviais de ressentir un tel feu intérieur. Lorsqu'elle parlait d'elle-même, je retrouvais ma Nézida : ses désirs, ses espérances, ses projets... Moi j'ai tout écouté, tout encouragé, tout rêvé avec elle.

Lorsqu'elle était arrivée à Lyon au lendemain de son mariage, après un voyage en train qui était pour elle une aventure, Nézida est restée dans le bel appartement de la rue d'Andran qu'Antonin partageait avec son jeune frère, Henry, et sa mère, Louise. Lors de mes premières visites, je trouvais une petite fille s'étonnant de tout, assise sur le bord des chaises, marchant sur la pointe des pieds, parlant tout bas pour ne pas réveiller sa belle-mère. Elle n'osait sortir de peur de se perdre. Louise ne quittait pas la chambre. Elle errait dans l'appartement, interrogeant son nouvel environnement : les meubles, les objets, les tissus, les tapis, la vaisselle fine, les lampes et les miroirs. Tout était nouveau pour elle, inconnu et inimaginable quelques semaines auparavant encore. En ma présence elle osait s'émerveiller, avouant son ignorance et sa naïveté, ce qu'elle n'aurait jamais fait devant quiconque, même son mari. Elle regardait la ville par la fenêtre, ne sachant comment faire, ni vers qui se tourner. Elle errait dans l'appartement. J'avais rarement une permission, mais quand j'en avais une nous sortions : à mon bras elle n'était jamais fatiguée et voulait toujours aller voir plus loin. Je variais les itinéraires : les berges de la Saône, les parcs, Fourvière, les grands boulevards commerçants. Son plaisir était le mien. Cette fois, c'est moi qui guidais ses pas. J'avais un peu d'avance sur elle. Mes voyages de soldat avaient dégourdi le campagnard que j'étais.

Henry lui avait proposé quelquefois de déambuler dans le dédale des traboules et des rues, où elle avait du mal à se repérer. Mais Antonin restait son guide préféré : à son bras elle mesurait le chemin parcouru depuis le temps des matins froids à La Calade.

Nézida apprenait vite. Une rencontre avait transformé son quotidien, celle de la communauté protestante de Lyon. Nous avions été tous trois, avec mon frère Léopold, élevés dans la foi protestante comme nos parents et grands-parents, comme la majorité des habitants de Comps. Nous fréquentions très régulièrement le temple, pas comme ceux que nous appelions les « quatre roues » – quatre roues de charrette pour le baptême, quatre roues pour le mariage, quatre roues pour le corbillard. Nous allions aussi à l'école du dimanche, le catéchisme dirigé bien souvent par notre instituteur et par Nézida qui se chargeait des plus petits.

En épousant Antonin, ma sœur est entrée dans une famille impliquée dans les communautés de Dieulefit et de Lyon. Antonin a donc présenté très vite sa jeune épouse au pasteur du temple du Change, proche de chez eux, et surtout aux dames de la bourgeoisie protestante lyonnaise. L'Entraide protestante, société de bienfaisance, était très dynamique et présente auprès des pauvres de Lyon : organisation de quêtes, ventes de charité, loteries, distribution de charbon et de vivres.

L'infirmerie à la Croix-Rousse secourait vieillards et infirmes et prodiguait des soins gratuits aux protestants nécessiteux. Nézida souhaitait se rendre utile et travailler. Elle espérait aussi, par ce biais, se former et apprendre, soit à soigner, soit à enseigner. Elle souhaitait des enfants un jour, bien sûr, mais n'avait pas quitté Comps pour se retrouver enfermée dans un rôle de mère. Et, quand elle fut enceinte, malgré son état, ma sœur continua à passer le plus clair de son temps hors de chez elle. Sitôt Antonin parti pour la préfecture, elle rejoignait le siège de l'Entraide et se donnait complètement aux tâches qui lui étaient confiées. C'est à l'infirmerie de la Croix-Rousse qu'elle se sentait le plus utile et qu'elle se découvrit un profond intérêt pour la médecine. Sa grossesse se voyait peu, elle n'en parlait pas et ne voulait pas être ménagée. La visite à Lyon de Madeleine Brès, première femme française à obtenir le diplôme de docteur en médecine, l'impressionna fortement. Je la revois me décrire avec enthousiasme toutes les qualités qu'elle lui prêtait.

La fin du printemps la trouva pleine d'énergie : son projet de devenir infirmière était l'objet de toutes nos conversations. Elle le partageait avec une autre jeune femme, Camille Delaitre. Décidément, rien n'était trop grand ni impossible pour ma sœur. Après la naissance, prévue en septembre, elle se remettrait vite, confierait le nouveau-né à une nourrice et commencerait son cycle d'études. Camille et Nézida étaient toutes deux pleines d'ambition : infirmières, puis médecins, pourquoi pas !...

Leurs éclats de rire résonnent dans ma mémoire. Camille était mariée elle aussi, elle habitait quelques rues plus loin, elles ne se quittaient plus. Ma sœur retrouvait auprès d'elle la complicité qu'elle avait tant appréciée avec Joséphine, sa grande amie, là-bas dans les collines. Elle raconterait tout à Joséphine quand elle reviendrait passer quelques jours à Comps ! Elle vivait dans un tourbillon d'espoirs et de projets.

Lors d'un déjeuner à la brasserie Georges où Antonin nous avait conviés, je mesurais l'admiration qu'il portait à sa femme, comme si les rôles étaient inversés. Antonin, comme Henry, comme moi-même, n'avions pas été élevés dans un milieu où les femmes prennent la parole. Cette jeune épouse en face de nous, dans ce restaurant bruyant et animé, monopolisait la conversation. Elle nous imposait à tous les trois le respect. Elle vivait là les plus belles heures de sa vie avec l'approbation de l'homme qu'elle aimait. Antonin était fier d'elle. Il ne s'était pas trompé. Les épouses de ses collègues étaient si différentes. Elle était très jolie et suscitait certainement quelques jalousies. Mais en la regardant et en l'écoutant décrire son projet de formation et de vie, son mari était convaincu par l'enthousiasme de Nézida. Toutefois, il voulait qu'elle se ménage, elle parlait beaucoup mais mangeait peu, il la trouvait pâle et trop maigre… Elle le rassurait en souriant : « Tout ira bien, mon amour ! » Elle ne se retenait d'aucune démonstration de tendresse, un geste, une parole, cela me surprenait, sans me choquer, tant j'admirais sa liberté.

Je garde un merveilleux souvenir de ces échanges… C'était hier, c'était il y a si longtemps.

15

André Delaitre

Camille est rentrée, ce jour-là, maussade et fatiguée. Devant la joie de notre petit Adrien de retrouver sa mère, elle a juste souri et déposé un baiser sur son front. J'ai tout de suite senti que quelque chose la préoccupait. Depuis plusieurs semaines déjà la vie à la maison était pesante. Tout paraissait différent sans que rien n'ait changé.

Ma belle-mère vivait avec nous depuis son veuvage. Elle savait rester discrète et nous rendait de grands services dont celui, inestimable, de s'occuper d'Adrien. Camille avait souhaité continuer après sa naissance à œuvrer dans la paroisse et j'approuvais tout à fait ces heures de charité. Dans ma famille, les jeunes femmes donnent un peu de leur temps et de leurs moyens aux miséreux. Cela fait partie du rôle qui leur est attribué dans les bonnes familles. Les épouses de mes collègues participent toutes à ce genre d'activité. Camille les avait rencontrées et semblait les apprécier. Nous nous retrouvions au temple et organisions des promenades sur les berges de la Saône ou dans les parcs le dimanche après-midi.

Je travaillais maintenant à la Chambre de commerce, dans un groupe de réflexion sur les métiers à tisser mécaniques. Mon activité d'ingénieur me passionnait, tout me réussissait : mon travail, ma famille, mes relations... jusqu'à l'automne dernier où, imperceptiblement, j'ai assisté impuissant au changement de comportement de mon épouse.

Je suis né dans une famille que l'on dit appartenir à la grande bourgeoisie. Mon père, Auguste Delaitre, dirigeait une soierie. Les années 1870 et le début des années 1880 ont été marquées à Lyon par des difficultés économiques importantes. Le passage des anciennes aux nouvelles industries s'est avéré dramatique pour notre secteur d'activité. Délaissant peu à peu la soie, le public se tournait vers les tissus mélangés, beaucoup moins chers et à la mode : crêpe, mousseline, gazes... La concurrence devint plus rude. Les industries textiles de toute l'Europe développant leurs marchés, de nombreuses maisons anciennes fermèrent leurs portes. C'est ce qui est arrivé à Delaitre & fils.

Mon père tenait cette entreprise de ses grand-père et père. Mon frère François et moi étions destinés à prendre leur succession. Nous avons fréquenté les meilleures écoles, mon père avait insisté pour que nous apprenions l'italien, pressentant, sans y croire, que Lyon céderait la première place, sur le marché de la soie, à Milan. Dès 1880 le déclin parut inévitable.

Les filatures avaient pourtant déjà connu et surmonté des périodes difficiles. Mon grand-père avait été confronté en 1831, puis en 1834, à la révolte des canuts, à la Croix-Rousse, réclamant un prix garanti. Mon père se souvenait des prières de sa mère pour le repos des âmes des six cents victimes de la répression. Puis, en 1850, la pébrine avait frappé, dévastant les élevages de vers à soie et privant les soieries de matière première. Le ver, couvert de taches brunes, était incapable de fabriquer un cocon. Malgré le traitement mis au point par Louis Pasteur, la sériculture ne s'en remit pas. D'autres crises, comme celle de la garance remplacée par l'alizarine, nettement moins chère, ont contribué aux difficultés de l'entreprise. Ma mère affectionnait particulièrement les étoffes teintes à la garance, d'un rouge vif aux nuances chatoyantes.

L'ouverture du canal de Suez, il y a bientôt quinze ans, a créé un engouement pour les soies chinoises et japonaises, les importations ont déstabilisé irréversiblement tout le marché. Mon père n'a pas pu ou pas su s'adapter. Mon grand-père et surtout ses fils avaient connu l'âge d'or des soieries lyonnaises : quand elles constituaient les trois quarts de l'industrie, quand il y avait des fabriques à foison, des métiers à tisser au domicile des ouvrières et des petits ateliers partout en ville.

Les temps avaient changé. Devançant la faillite, mon père a, la mort dans l'âme, cédé l'entreprise à de jeunes industriels qui avaient la trésorerie et l'énergie nécessaires à une reconversion. Il était âgé, il avait au cours des dernières années perdu beaucoup d'argent dans l'achat de nouvelles machines et renfloué à plusieurs reprises avec la fortune familiale des caisses vides. François et moi avons dû nous tourner vers d'autres horizons. Les relations de notre père nous ont bien aidés. Grâce à ma formation d'ingénieur, j'ai obtenu un poste chez Berliet.

Ironie de l'histoire, François mit son expérience au service d'une nouvelle usine de soie artificielle à Izieux. Mon père ne s'en est jamais remis. De la soie artificielle ! Inconcevable pour cet homme pétri de tradition et de savoir-faire ancien.

Nous avions une maison de famille dans le Beaujolais où nous nous retrouvions régulièrement. Ma sœur Élise avait épousé un médecin lyonnais et avait déjà trois filles. Il me fallait trouver une fiancée. Ma mère disposait d'un « vivier » intéressant de jeunes personnes bien nées parmi les filles de ses amies, mais c'est lors de la préparation des fêtes de Pâques, au temple du Change, que je fréquentais régulièrement, que je rencontrai une demoiselle ravissante. Grande, élancée, une chevelure aux reflets dorés que je devinais bouclée sous le filet qui maintenait sagement le chignon, Camille avait reçu la même éducation que moi.

Il n'est guère besoin de temps pour juger de ces choses-là. Une manière de bouger, une façon de parler, le juste équilibre entre retenue et enthousiasme. La jeune fille parfaite, répondant aux critères maternels qui, ce jour-là, me convenaient parfaitement. La vie ne l'avait pourtant pas épargnée.

La famille Delalande avait prospéré dans la sidérurgie. Une usine portait encore le nom de ses fondateurs à Vaulx-en-Velin. Aux temps révolus de la pleine activité, la famille possédait plusieurs entreprises dans des secteurs diversifiés. Le père de Camille, Honoré Delalande, avait été formé dans l'excellence à l'École centrale de Lyon. À la fin des années soixante-dix, la sidérurgie connut de grosses pertes en raison de la chute du cours du minerai de fer. De mauvais placements boursiers, la mort prématurée d'un des frères Delalande, la famille connut de graves difficultés financières : cession d'une usine, puis de deux, elle fut incapable de remonter la pente. Honoré dut vendre ce qu'il put et se retira des affaires dans la région de Vienne. Il succomba à une pneumonie peu de temps après, laissant sa femme, Camille et son frère dans une situation précaire. Incapable d'entretenir la maison, la mère de Camille vendit. La famille vint s'installer dans le centre de Lyon dans un modeste appartement. Leur train de vie n'était plus le même, tout était compté. Le frère aîné avait heureusement un bon poste à la Compagnie des omnibus et tramways lyonnais.

Notre parcours familial et social présentait de nombreuses similitudes avec celui des Delalande, mais j'étais un homme, j'avais fait des études, je travaillais et gagnais bien ma vie.

Mon père a peu connu Camille, il a à peine embrassé son petit-fils Adrien. Jamais remis de l'effondrement de tout ce qui avait constitué sa vie : la cession de l'usine, son déménagement dans la maison du Beaujolais, loin de ses relations, la lassitude, les multiples déceptions ont eu raison de sa santé.

Avec moi, Camille renouait avec un monde perdu. Elle retrouvait une vie légère et insouciante, appréciant les sorties au théâtre et les dîners dans les restaurants élégants. Éblouie par notre mariage et la fête magnifique organisée par ma mère, Camille se laissait porter. Était-ce le fait d'avoir connu des jours difficiles qui la conduisait à se tenir toujours en retrait, spectatrice ? Elle quittait peu sa mère, voulant lui offrir plaisirs et douceurs. Le sport occupait une grande place dans ma vie, je pratiquais l'aviron dans un club. Camille s'y intéressa par amour plus que par réel intérêt. À la naissance d'Adrien, je l'ai encouragée à poursuivre une vie sociale et amicale. C'est au temple qu'elle a rencontré Nézida Soubeyran.

Un coup de foudre, un emballement soudain, la rencontre qu'elle attendait. Cette jeune femme venait d'arriver à Lyon. Camille serait son guide. Je n'avais jamais vu ma femme aussi heureuse.

Aucune de nos relations féminines, avec lesquelles elle m'avoua s'ennuyer, n'était aussi passionnante. Chaque soir, en rentrant, j'apprenais un détail nouveau sur son amie. Tout ce qu'elle entreprenait à la paroisse était digne d'intérêt. Elle avait tout pour elle : jolie, distinguée dans sa sobriété, attentive aux autres, drôle, gaie, enthousiaste... Je pris quelques renseignements sur son mari. Le pasteur m'assura de leurs bonnes références et de leur piété : originaire d'un village près de Montélimar, bonne situation à la préfecture, bel appartement. Rassuré, je laissais faire. Le nom de ce village, sans jamais y être allé, ne m'était d'ailleurs pas inconnu. Il avait souvent été cité par mon père et ses amis soyeux. De mes quelques années professionnelles passées auprès de lui me restait le souvenir des contacts réguliers avec les producteurs dieulefitois. Les liens étaient alors étroits entre les soyeux lyonnais et les producteurs du Sud, ceux de Dieulefit expédiaient les soies moulinées, prêtes à être travaillées. Le rapport de force était, je le reconnais, très déséquilibré, nous imposions nos conditions commerciales et je dois dire qu'ils élevaient le ver à soie avec un grand savoir-faire.

Et voilà que les hasards de la vie me faisaient croiser une famille dieulefitoise. Des visages derrière un nom rencontré sur des caisses de bois ou des en-têtes de factures.

J'ai fini par rencontrer Antonin et Nézida, ainsi que son jeune frère Paul et Henry Soubeyran, le frère d'Antonin qui partageait leur appartement. Si leur famille est de près ou de loin affiliée au monde du textile, Antonin a, quant à lui, une très bonne situation, des relations, une éducation et des allures de citadin.

Nézida tenait de plus en plus de place dans le cœur et l'emploi du temps de Camille qui prenait souvent des libertés avec ses obligations maternelles. Je dois avouer avoir été séduit moi aussi. Très vite ils ont fait partie de notre groupe d'amis. Leurs relations sont devenues les nôtres au fil des dîners et des promenades ensemble. Je me suis même essayé à l'escrime sur les conseils d'Antonin qui pratiquait avec Louis Aymard, le fils du banquier. Quelques mois d'euphorie, de bons moments, je le reconnais.

Mais lorsque Camille, de moins en moins présente à la maison, m'a annoncé son désir de s'inscrire à une formation d'infirmière à l'automne, avec Nézida, et pourquoi pas plus tard devenir médecin…, lorsqu'elle m'a déclaré ne pas souhaiter un deuxième enfant pour le moment, notre vie de couple est devenue difficile. Je sais toutes les idées nouvelles de notre époque, mais qu'une femme veuille travailler alors qu'elle n'en a nul besoin, qu'elle refuse la famille nombreuse, pilier de notre mode de vie et de nos traditions, je ne pouvais l'accepter. Les reproches et les jugements de ma mère, de mon frère et de ma sœur, les inquiétudes et les critiques à peine cachées de nos relations protestantes, tout me confortait dans l'idée de l'imminence d'un danger.

Nézida, si charmante fût-elle, entraînait ma femme sur des chemins qui ne me convenaient pas. Après tout, en y réfléchissant, nous n'étions pas du même monde. Aussi, ce jour-là, quand Camille m'a avoué la raison de sa tristesse, je le reconnais, j'ai ressenti un profond soulagement: Nézida prévoyait de rentrer chez elle, dans sa campagne, pour se reposer avant son accouchement. Ma femme se désespérait de cette séparation pourtant passagère. Hypocritement, j'ai abondé dans son sens, mais en réalité, j'espérais avoir le temps de remettre de l'ordre dans notre vie, de retrouver mon tendre pouvoir sur elle et de lui rappeler ses devoirs d'épouse et de mère.

Je souhaitais cette absence la plus longue possible. Que Dieu me pardonne, il n'a que trop entendu ma prière.

Je n'ai rien gagné à cette tragédie. Peut-être y ai-je perdu un peu ma femme…

16

Paul

Je m'inquiétais pour Nézida. J'avais appris sa chute, à l'hiver, par Louis Aymard qui le tenait de sa femme, Jeanne. Elle devait garder la chambre quelque temps, le médecin ne semblait pas craindre pour l'enfant si elle acceptait de se ménager un peu. Cette contrainte me paraissait difficile à respecter, connaissant le caractère de ma sœur et l'ayant entendue parler de ses projets. J'étais retenu en garnison. Louis m'assura qu'il préviendrait Henry avec qui il travaillait à la banque. Nézida ne s'étonnerait pas de mon silence. Je fixai ma visite pour la fin de la semaine.

En pénétrant dans sa chambre, je sus que nous n'allions pas parler de l'enfant, ni du repos qui lui était nécessaire.

Nézida parlait vite, mélangeant les sujets, cherchant mon avis mais donnant le sien avant moi. Elle m'avait attendu, ressassant tout ce qu'elle voulait me dire. Elle ne voulait rien oublier. Avant de poser gants et chapeau et de prendre un siège, je fus mis au courant de la situation. Elle ne voulait à aucun prix que sa grossesse soit considérée comme une maladie qui l'oblige à renoncer à ce qu'elle avait entrepris. Place du Change, la situation était préoccupante. Des miséreux, des familles entières souffraient de la faim et du froid. Les bras et les bonnes volontés manquaient, elle s'était assez reposée. « Ils ne veulent pas que je sorte », me dit-elle en rejetant les coussins et les couvertures qui l'encombraient. « Dis-leur, Paul, ils t'écouteront toi. » J'ai peut-être toujours su au fond qu'avec ma sœur rien ne se passait jamais de façon ordinaire.

Je n'étais pas déçu de mon existence. Mon travail était plus administratif que militaire. J'avais des collègues sympathiques. La vie en garnison ne me pesait pas. J'avais du temps pour lire et me cultiver. Ma sœur, quant à elle, depuis toujours, n'était pas femme à se contenter d'une existence ordinaire. Son attitude l'avait éloignée des filles de son âge au village, elle avait rendu notre vie familiale difficile, et maintenant elle s'entêtait. Je compris que son caractère entier et absolu ne s'était pas calmé, au contraire. Si tout se déroulait comme elle l'entendait, elle se montrait charmante et attentionnée. Si, comme c'était le cas aujourd'hui, un événement, une attitude, se dressait en travers de son chemin, elle devenait tout autre, capable de réactions sans retenue et de jugements définitifs.

Je l'avais trouvée très en colère, contre elle, contre son mari, contre son beau-frère, Ovide, dont l'influence sur Antonin l'exaspérait. Contre sa belle-mère aussi qui, bien que très malade, se prononçait encore sur tout. Le jour de ma visite, ma sœur s'imaginait être seule contre tous, ce qui décuplait sa détermination. J'essayai de la calmer, acceptant ses arguments, écoutant ses reproches, tout en la dirigeant vers une attitude plus raisonnable. Je la connaissais : sur l'instant, elle pouvait s'emporter, mais elle écoutait et je savais que plus tard elle réfléchirait à ce que j'avais dit. J'adorais ma sœur, je l'admirais depuis toujours pour sa volonté et sa détermination. Deux qualités qui présentent bien des inconvénients, pour les autres et aussi parfois pour soi-même.

En refermant la porte pour la laisser se reposer, je lui promis de parler à Antonin, bien qu'au fond de moi je fusse d'accord avec lui. Je me promis, lorsque l'heure viendrait, de choisir une épouse aussi courageuse que ma sœur, mais moins excessive.

17

Suzanne

Nézida s'est endormie. Nous avions, avec Joséphine et Louison, la fille de Marton, la matronne du village, préparé le lit du bas. Louison pensait qu'elle serait mieux, plus au chaud.

Nous l'avons laissée dormir. Je ne m'étais pas assise depuis le début de la soirée, j'avais, tout l'après-midi, préparé ma burgeire, entendant de loin la conversation incessante entre Nézida et son frère Paul.

Comme avant, exactement comme avant… ils pouvaient parler pendant des heures de Dieu sait quoi, j'entendais mal.

Par le passé, j'aurais abandonné quelques minutes mon travail pour rappeler à ma fille que ces bavardages étaient perte de temps. Elle aurait, à mon approche, cessé de parler, se serait levée et m'aurait obéi. Je ne supportais pas sa façon d'accepter sans discuter, sans chercher l'affrontement direct avec moi. J'ai honte de reconnaître que cela gâchait un peu mon plaisir.

Du plus loin qu'il m'en souvienne je n'ai jamais su m'y prendre avec cette enfant. Les jours qui suivirent la naissance de Nézida, nulle fierté, aucun élan de tendresse. J'étais déjà dans l'espoir de la venue d'un fils. Ma fille ne se manifestait pas, étrangement calme, prête à l'oubli. Je ne comprenais pas que son père, mon cher Pierre, et son grand-père soient attentifs et attendris par elle. Pierre surtout la prenait contre lui. De ses yeux grands ouverts, elle l'observait. J'aurais préféré qu'il l'ignore. Qu'il ne caresse pas ses cheveux, ni ne respire l'odeur de son cou. Chaque geste tendre m'était un geste volé.

J'avais, avec Pierre, découvert le plaisir et la chaleur des corps. Notre vie à la ferme laissait peu de temps à notre jeune couple. La présence sous le même toit de Grand-Père, de sa femme, Marguerite, déjà malade, des ouvriers agricoles, le grand nombre de tâches, le temps passé à préparer et à cuire de pleines marmites pour nourrir tout ce monde, remplissait largement mes journées. Le soir, je recherchais la présence de Pierre, ses moindres gestes, son attention. Je le voulais rien qu'à moi. Les paroles qu'il adressait à cette enfant me gênaient. Je les aurais souhaitées pour moi. Combien de fois me suis-je interposée entre elle et lui pour briser une intimité qui me faisait mal. Je n'ai ni sœur, ni tante, ma mère est morte très vite après la naissance de Nézida, je n'avais aucune femme à qui m'ouvrir de cette absence de lien avec ma fille. Je ne savais pas être une mère avec cette enfant qui semblait me défier de ses regards sombres. Elle répondait à l'amour des autres et ne répondait pas à mon manque d'amour. Pas de cris, pas de pleurs.

Sa relation avec son grand-père m'était presque aussi insupportable. Il m'avait accueillie dans sa famille avec beaucoup de générosité, prévenant pendant ma grossesse, attentif à mon bien-être sous son toit. C'était un homme respecté, mais surtout admiré et apprécié de tous. Il fut terrassé par la mort de sa femme et pendant quelque temps s'isola dans sa tristesse. Eugène, son fils, pourtant très proche de lui et d'un tempérament enjoué, n'arrivait pas à le sortir d'une inquiétante apathie. Nézida fut sa consolation. Seule cette enfant réveillait le pauvre homme, rallumant dans ses yeux la lumière que nous connaissions tous. Il restait avec elle près du feu ou aux beaux jours dans la cour, accompagné du chien. Il prétendait qu'elle l'écoutait quand il lui racontait ses voyages de soldat. Je me moquais, affirmant qu'à son âge elle ne comprenait pas. Mais peut-être avait-il raison ? Elle écoutait la musique de sa voix. La complicité entre le vieil homme et la toute petite attendrissait Pierre et faisait la joie des commères : le village s'est habitué à rencontrer monsieur le maire pour tous les problèmes communaux en présence d'une petite brune assise sagement près de lui. Il lui tenait la main pour visiter la maison ou la grange du village qui avait souffert d'un orage, d'un éboulement... Bien souvent il traitait les affaires de la commune dans son fauteuil, installé dans la cour de La Calade où se retrouvaient tous ceux qui avaient des réclamations à lui faire. Nézida, à ses pieds, s'amusait avec quelques noix ou comptait et recomptait ses plumes d'oiseaux : elle les avait trouvées sur les chemins et les conservait dans une boîte en fer bleue qui la suivait partout.

L'école a éloigné Nézida de la ferme, mais l'a encore rapprochée de son père et de son grand-père. Elle a très vite appris à lire. Grand-Père me prenait à partie quand elle déchiffrait en s'appliquant la lecture demandée par le maître. « Écoute, Suzanne, comme la petite lit bien ! » Je souffrais de cette relation, je n'étais pas très instruite et leur complicité me faisait mal. J'essayais bien de me plaindre d'elle, cherchant à la prendre en défaut, mais elle était maligne, car elle évitait de me déplaire et accomplissait ses corvées sans un mot, sans une plainte.

Un jour, tout de même, elle a égaré les chèvres qu'elle avait sous sa garde, trop occupée sans doute à lire un de ces livres prêtés par Aristide ou par son fils Isidore. Je n'étais d'ailleurs pas d'accord avec cet arrangement : et si l'un de ces ouvrages avait été abîmé ou égaré, qu'aurions-nous fait et dit au château ?

C'était la fin septembre, un de ses matins où l'humidité mouille les sabots, où l'on remonte le châle sur les épaules. Nous, les Cordeil, étions propriétaires d'un troupeau d'une vingtaine de chèvres, en plus de nos moutons et de nos vaches. Nous prenions grand soin de nos chevreaux que nous vendions avec profit aux bouchers de la vallée.

Nézida savait depuis toujours que les chèvres sont nerveuses les jours de grand vent. Elle savait aussi combien ces bêtes raffolent des glands qu'elles cherchent dans les sous-bois ou sur le bord des chemins. Je lui avais maintes fois répété que les chèvres ne doivent pas courir et qu'elles doivent pâturer le plus possible pour fournir en quantité et en qualité le lait riche dont nous avons besoin pour la confection des fromages. Qu'importe ! Certainement plongée dans sa lecture, elle s'était retrouvée seule quand elle avait relevé la tête : le troupeau s'était dispersé. Nous l'avons vue revenir suivie de la seule Douce, une vieille biquette craintive qui nous suit comme un chien. Devant mes cris et mes questions, elle n'a opposé aucune excuse. Son père ne s'est pas mis en colère. Il a pris son bâton en noyer, la main de sa fille, et ils sont partis à la recherche des fuyardes. Ils furent longs à les retrouver, une par une, sur les pentes escarpées de Saint-Maurice.

Une autre fois, nous avons eu moins de chance. Le troupeau s'était sauvé, attiré par l'odeur des poiriers couverts de fruits. Les chèvres se régalent de plantes odorantes, cytise, thym, baies d'alisier et de sorbier, mais elles préfèrent encore les fruits, qui peuvent leur être fatals. C'est ce qui arriva à la Bannarde : elle s'étouffa d'une poire trop vite avalée. Nézida, distraite, ne l'avait pas entendue crier, ce qui aurait pu la sauver. La Bannarde était notre plus belle chèvre, Pierre lui avait donné ce nom car ses cornes étaient magnifiques. Personne ne lui en tint rigueur. Aucun ne tenait compte de mes inquiétudes. Au contraire, tous les hommes de la maison s'extasiaient du goût de Nézida pour la lecture, son assiduité à l'école, son intelligence. J'ai haussé, ce jour-là, le ton plus que d'habitude et vécu comme une humiliation l'alliance de mon mari, de son père et de mes belles-sœurs, Virginie et Sophie, contre moi. Ils ont tous pris la défense de la bergère.

J'avais, au début de mon mariage, recherché l'amitié de mes belles-sœurs, cette amitié qui m'avait tant manquée. Plus jeune déjà, je les observais avec admiration dans le village, elles étaient jolies, coquettes, souriantes et surtout elles étaient deux ! Dans ma solitude de fille unique, je les enviais.

Lorsque Sophie et Virginie venaient nous rendre visite à La Calade, nous savions tous que rires et gaîté allaient envahir la maison. Si Pierre était occupé, il levait les yeux et immanquablement nous annonçait : « Les voilà ! » Sophie et Virginie pénétraient bruyamment dans la maison comme une bourrasque de mistral, poursuivant leur conversation débutée sur le chemin plus bas, passant le pas de la porte sans s'interrompre. Puis elles emplissaient la pièce des mouvements de leurs robes, de leurs gestes larges. Ma fille se précipitait vers ses tantes, Pierre abandonnait ce qui l'absorbait quelques minutes plus tôt. Ce n'était que rires, embrassades… Mes belles-sœurs apportaient avec elles le vent, les cailloux, les fleurs en été, la boue sous les sabots en hiver, mais surtout plein de mots, plein d'histoires alors qu'entre ma fille et moi ce n'était que silence.

Elles s'approchaient et embrassaient leur frère en l'appelant « mon Pierre ». De quel droit? N'était-il pas devenu le mien ? En été, lorsque le chemin jusqu'à La Calade était pénible et chaud, Pierre leur servait une eau fraîche tirée du puits, rosie par une goutte de vin. Il est arrivé souvent qu'il ne pense même pas à m'en proposer et que je reste à regarder debout, dans un coin de la pièce, à l'écart, la scène familiale joyeuse et colorée: Nézida sur les genoux de l'une ou de l'autre, tirant un ruban ou le cordon d'un bonnet…

Sophie et Virginie… J'avais rêvé être leur sœur lorsque petite je les observais de loin. J'étais devenue leur belle-sœur, elles étaient aimables avec moi, mais ne remarquaient même pas mon absence à la table commune. Nézida avait pris ma place auprès d'elles. Des gestes tendres, des compliments, de petites attentions au fond de leur panier, leur complicité était sincère, combien elle m'était cruelle ! Lorsqu'elle a voulu continuer l'école plus longtemps que les autres filles du village… ou lorsque elle a refusé tous ses prétendants à l'âge où j'étais déjà mère, et même le jour où, aux yeux de tous, elle a dansé à la vogue avec des inconnus alors que j'étais encore en deuil, elles l'ont une fois de plus défendue. Combien de fois Nézida s'est-elle invitée chez Sophie, installée avec son mari, Jean-Antoine Barnier, aux Lombards, près de l'école, au temps où elle aidait le maître ? Encore une drôle d'idée, comme si je n'avais pas besoin d'aide, moi ! Elle restait parfois, l'hiver, dormir chez eux pour éviter les marches difficiles. Elle revenait toujours avec un détail dans la toilette ou dans la coiffure que je ne lui connaissais pas. Elle ne répondait pas à mes questions sur la vie de sa tante, gardant tout pour elle. J'avoue en avoir ressenti une vive jalousie et un profond chagrin. J'étais plus triste de mon absence de relation avec mes belles-sœurs que de l'éloignement de ma fille.

Mais la pire intimité, celle qui m'a tant fait souffrir et que, je le reconnais, j'ai essayé maintes fois de briser, c'est celle qui s'est forgée au fil du temps pour perdurer jusqu'à aujourd'hui, celle entre Nézida et son frère Paul, mon premier garçon.

Je la soupçonnais d'avoir justement choisi celui qui m'était le plus cher pour me l'enlever. Car je le vivais ainsi, elle nous l'enlevait. Lorsque Nézida est devenue femme, je ne l'ai pas défendue, je ne me suis pas élevée contre les médisances, j'ai accepté les commérages, les rapportant à Pierre pour qu'il réagisse et se range à mon avis. « Tu vois, Pierre, je te l'avais bien dit ! » Je pouvais enfin me permettre de porter un jugement devant lui et je ne m'en suis pas privée. Seul Paul était déterminé à la défendre. Les repas se terminaient alors bruyamment : des mots durs entre le père et le fils, et la main de Nézida sur le bras de son frère. Ensuite, le plus souvent, elle se levait de table, débarrassait en silence et sortait sans même claquer la porte.

Bien plus tard, après la mort de Pierre, je me souviens de ce jour où, par la fenêtre, j'ai vu arriver Antonin. C'était donc lui qu'elle attendait.

Depuis plusieurs jours, elle s'affairait plus que d'habitude dans la maison. Elle repoussait du bout de son sabot les poules dispersées dans la cuisine, chassait les chats endormis sur les chaises, agacée de tout, nerveuse. Elle ne tenait pas en place, rangeait et nettoyait, se plaignant de ses frères qui rentraient de la bergerie sans se soucier de la paille sous leurs sabots. Même le chien n'était plus le bienvenu. Le vent du nord avait dépassé les trois jours. On dit ici qu'il s'installe pour trois, six ou neuf jours. Je ne quittais pas mon fauteuil près de la cheminée. Trois coups contre la porte : suivi de Léopold, il est entré. Cet homme venait faire sa demande. Elle l'attendait. Il était grand, élégant… Malgré le froid, l'assurance de ceux qui ne guettent pas le ciel pour savoir si la récolte sera épargnée par la grêle ou le soleil brûlant. Je l'ai trouvé beau. Je crois, ce jour-là, avoir mis un mot sur mes sentiments à l'égard de ma fille : la jalousie.

Cette enfant, devenue femme, je l'enviais. Oui, sa beauté, sa force, ce qui allait être sa vie, je l'enviais. Elle avait eu l'amour de tous les hommes autour de moi et des femmes dont j'avais rêvé être l'amie, elle était entourée d'amitiés sincères. Ses deux frères la regardaient avec admiration et affection. Paul, mon Paul, ne pouvait vivre loin d'elle. Et maintenant, cet Antonin Soubeyran qui, je le présumais, n'avait que l'embarras du choix dans son milieu et à la ville, venait jusqu'à notre ferme, traversait la cour encombrée de poules et d'oies, cet Antonin ganté de gris venait la chercher, elle ! Quelques minutes plus tard, elle est arrivée, lumineuse, sûre d'elle-même, le sourire éclatant, si belle malgré la pèlerine usée et le vieux châle.

Le départ de Paul a fini de me mettre à terre. Il a fallu des semaines de silence, de larmes et de réflexion, aidée de mon fidèle Léopold, pour qu'un jour je puisse la regarder différemment.

Après des mois sans nouvelles d'elle, une rencontre furtive lors des obsèques de sa belle-mère, Louise Soubeyran, où, élégante sous son chapeau noir à voilette, elle m'est apparue lointaine, absorbée par sa nouvelle famille. J'avais appris sa grossesse puis sa chute sans conséquence par Paul qui nous donnait régulièrement de ses nouvelles. Dans sa dernière lettre, il annonçait sa venue pour la mi-août : Nézida désirait se reposer à La Calade. Elle repartirait ensuite accoucher à Lyon, près de son mari.

Ma surprise fut aussi vive que mon anxiété. La distance et le temps m'avaient permis de réfléchir sur mes sentiments, mes erreurs de jugement, sur ce cercle infernal d'incompréhensions et de jalousie. Léopold, avec toute sa délicatesse enfouie dans son corps massif de paysan, m'écoutait toujours avec patience et me rassurait. Notre solitude était telle dans cette ferme désertée, sa peine à lui, si visible, que ces moments de sincérité nous ont tous deux permis de supporter l'absence et le sentiment d'abandon qui nous étouffaient. Ce jour-là j'étais tellement heureuse de voir revenir Paul et très inquiète de la revoir elle, que je dois l'avouer: l'annonce d'un futur enfant m'a fait battre le cœur. Plus de défiance entre nous. Plus de raison de se battre pour l'amour de l'un ou la reconnaissance de l'autre. Chacune de nous était à sa place, il n'était plus temps de juger ou d'accepter. C'était ainsi. Et puis elle voulait rentrer chez elle, rentrer chez moi. Emma Soubeyran avait insisté pour la recevoir chez elle à Dieulefit. Nézida avait refusé. Elle voulait donc vraiment retrouver La Calade.

Je pris plaisir à préparer la maison, à cuire mes confitures, à nettoyer la cour… Léopold souriait à me voir m'activer dès le matin, l'air était soudain plus léger, la parole revenait aux repas. Nous restions tard le soir sous le tilleul à profiter de la fraîcheur, à prévoir les plats préférés de Paul, les morceaux de cochon à sortir du saloir, le fauteuil le plus confortable pour le repos de

Nézida. L'attente et la préparation furent douces. Nous étions heureux de leur arrivée. Léopold était impatient, je savourais ce temps d'espérance, goûtant pour la première fois le plaisir d'imaginer demain.

Lorsqu'ils sont arrivés avec Jules, le mari de Joséphine, mon cœur s'est emballé. Gorge serrée, je suis restée un peu en retrait. Le chien courait déjà à leur rencontre. Léopold portait les bagages, Paul et Jules aidant Nézida à descendre avec prudence. Elle m'est apparue plus belle, plus grande que dans mon souvenir, elle s'est approchée, souriante, les deux bras ouverts largement. D'où lui venait ce geste? Je l'ai embrassée, respirant un parfum inconnu émanant de la dentelle qui couvrait tout le haut de sa robe à fines rayures bleues et blanches. Je l'ai observée : elle portait son enfant très haut, les matrones d'ici y verraient un signe de naissance d'un garçon. Je n'ai rien dit. Paul m'a soulevée en me serrant dans ses bras, j'ai ri en me laissant faire, des larmes de joie coulaient sur mon tablier. Nous sommes entrés nous mettre à l'abri de la chaleur. J'ai servi à boire, remercié Jules dont la présence permettait de parler d'autres choses : la santé des enfants, la moisson qui commençait, ces banalités de bon voisinage. Et puis je me suis assise, observant mes trois enfants.

C'est Nézida qui a parlé la première : de sa joie de revenir, de retrouver sa maison, ses paysages, la mare, elle avait hâte de descendre à la mare ! Elle voulait voir les travaux entrepris par Léopold. Et puis on a parlé de Joséphine, bien sûr, mais aussi d'Éliel, dont je lui ai appris le mariage et la venue bientôt d'un premier enfant. Elle était différente, plus douce et plus intéressée par notre vie. Elle voulait tout savoir. Avais-je ramassé beaucoup de fruits cette année ? Elle voulait tout de suite goûter ma confiture de fraises qu'elle aimait tant petite. Je sortis le pain de la huche, déposais une grosse cuillère de fraises odorantes et lui tendit comme si c'était la première fois.

Mes enfants avaient tous trois voulu souper dehors dans la cour sous le tilleul. Les garçons m'ont aidée, elle n'a pas bougé, se laissant servir. Léopold nous versait du vin et parlait plus que d'ordinaire. Paul nous faisait rire, imitant ses supérieurs, le lieutenant, le colonel. Il incitait Nézida à raconter l'infirmerie, son projet d'études, ses amis, la ville et ses lumières, l'agitation joyeuse… Un monde nouveau s'invitait à ma table. Moi qui n'étais jamais allée plus loin que Crest et Montélimar. J'écoutais mes enfants, ma fille, évoquer le confort moderne de la ville, les nouvelles habitudes domestiques. Elle était récemment allée admirer l'installation d'eau courante à l'étage chez son amie Camille. J'avais peine à imaginer l'eau arriver directement dans l'évier, moi qui depuis toujours allais au puits.

Léopold et moi posions mille questions, curieux de son mode de vie. « Vous viendrez nous voir après la naissance. » Nous ferions la connaissance de son enfant et en profiterions pour visiter Lyon. Léopold s'organiserait pour la garde des bêtes. Il suffisait de le vouloir. Avec elle tout était possible, je n'avais eu dans ma vie depuis toujours que des limites, des devoirs et des interdits. Elle me tendait la main pour m'offrir un peu de sa vie. Léopold, le vin aidant, semblait croire à la réalisation de ce projet.

La soirée s'est éternisée dans le souffle tiède du vent et l'odeur du tilleul. Le sommeil est venu très tard tant j'avais d'images dans les yeux. Je m'interrogeais : cette femme qui nous unissait et illuminait notre famille, d'où venait-elle ? Comment comprendre la continuité qui existait d'elle à moi ? En m'endormant, je crois avoir renoncé à trouver une explication. J'ai juste ressenti une plénitude, une paix enfin trouvée dans la réconciliation et un immense élan de tendresse pour ma fille, ma petite fille.

Quelques jours pour rattraper une vie. Quelques pas sous les chênes de l'enfance. Des jours de rires et de gestes intimes oubliés : l'aider à laver ses cheveux près du puits, puis les peigner au soleil, masser ses chevilles enflées avec l'eau de lavande, détendre ses reins douloureux grâce à l'huile poivrée… mes mains, douces pour elle, comme jamais.

Puis, l'attente, la préparation de l'accouchement sous les ordres de Louison avec le souvenir animal des premières douleurs. Je ne l'ai pas quittée. J'ai retrouvé, me trompant souvent, les paroles des comptines qu'elle chantait à ses frères. J'ai essuyé et rafraîchi son front, et surtout je l'ai regardée. Nous nous comprenions sans avoir besoin de parler.

J'ai prié plus fort que jamais lorsque l'enfant est apparu. J'ai alors annoncé fièrement: « C'est une fille ! » Des bruits de chaises et des murmures de soulagement au bas de l'escalier. Louison a enveloppé la petite de linges blancs. Émerveillée, je débordais d'amour pour mes deux filles. Elmina, je ne connaissais pas ce prénom. Nézida m'a expliqué pourquoi Antonin y tenait tant. Je me suis endormie, épuisée mais heureuse, confiante en notre vie à tous… en cette petite fille de quelques heures, en mes grands fils, en ma fille enfin aimée. Et puis tout ne fut plus que douleur: Nézida, Elmina…

Longtemps après je me suis demandé si le Seigneur ne m'avait pas accablée pour que j'expie mes fautes. En me permettant de connaître si peu de temps le bonheur avant que de me l'enlever. Après la disparition de ma fille, j'aurais donné ma vie pour que ma petite-fille vive. Je l'ai veillée nuit et jour… je confondais son prénom et celui de sa mère. Je m'accrochais à elle pour la sentir encore.

Elles reposent toutes deux sous les châtaigniers du cimetière Cordeil près de l'école. Je m'y assois souvent, leur parle, leur donne des nouvelles des uns et des autres. Au printemps, je reconnais les violettes de Joséphine. Sur le chemin je croise parfois ceux ou celles qui ont partagé leurs courtes vies. Un souvenir, un mot à propos de Nézida, efface mes larmes.

Et puis, je rentre seule à La Calade, le chien à mes côtés…

18

Paul

Mon Dieu, faites que cela ne soit pas un adieu ! Je suis épuisé à force de ressasser les événements des derniers jours. Si nous étions restés à Lyon, si Antonin avait su tenir tête à sa femme, s'il avait imposé qu'elle s'installe à la Malautière, si nous ne nous étions pas laissés emporter par le désir de revivre ce goût d'enfance, tout aurait pu se passer différemment ! Maintenant je suis le gardien d'une maison qui s'effondre sur une mère épuisée et sur ma sœur tant aimée qui repose depuis des heures sans bruit ni mouvement. Le silence prend trop de place après l'agitation d'hier.

Ma mère est si fatiguée. La nuit entière puis la journée au chevet de Nézida. Je l'ai obligée à monter s'allonger. Son pas était lourd en montant l'escalier. Elle doit dormir.

Je n'entends plus rien que ce vent dont j'avais oublié l'entêtement et la force. À Lyon, le vent s'immisce sous les portes cochères. Fourbe, il vous surprend au détour d'un pont ou d'une église, il s'échappe avant de se heurter à nouveau aux hauts murs de pierre. Il n'a pas encore été étranglé, il se retient. Contenu par les montagnes, il accélère sa course quand il arrive ici, où par rafales il chasse tout nuage, offrant aux paysages la clarté et la transparence d'un bleu limpide. Chez nous, le vent s'oppose et finit toujours par gagner.

Je suis assis à la place de mon père. Je ne l'ai jamais vu prendre ses repas à une autre place à cette table. Je crois que je ne m'étais jamais autorisé à m'asseoir sur sa chaise. Le point de vue sur la pièce principale de la maison est tout autre que celui inscrit dans ma mémoire d'enfant. Naguère je tournais le dos à la cheminée, assis en face de ma sœur. Rien n'a changé dans la maison depuis mon départ. Pourtant, en deux ans, il s'est produit tant de bouleversements dans nos vies, des rencontres, des expériences, la liberté ! Plus de découvertes que durant toutes les années précédentes réunies. Et nous revoilà, Nézida et moi, séparés seulement par l'escalier usé par nos pas d'enfants.

Je suis revenu depuis plusieurs jours. Après l'été caniculaire à Lyon, je bénéficie d'une permission. Je voulais revoir ma mère et mon frère, à qui je pensais souvent en essayant d'oublier ma culpabilité de les avoir laissés seuls à la ferme. Mon départ avait été une fuite plutôt qu'autre chose. Je savais que Léopold aimait cette vie, mais, malgré tout, je suis obligé de reconnaître que nous ne lui avions pas laissé le choix, Nézida et moi.

Antonin m'a demandé d'emmener sa femme avec moi, l'accouchement étant prévu pour la toute fin du mois de septembre. Il a souhaité qu'elle se repose à Dieulefit, chez son frère Ovide et sa belle-sœur Emma. Emma s'est proposée pour s'occuper de Nézida. Le médecin de Dieulefit, qu'elle connaît bien, aurait assuré le suivi des derniers jours. Mais ma sœur n'a pas voulu accepter cette invitation. Elle a souhaité s'installer à La Calade. Non pas pour être près de notre mère, avec qui les relations ont toujours été tendues, mais pour retrouver les paysages, les arbres, les chemins… ces lieux où les pas du grand-père et de notre père résonnent encore. Retrouver aussi Joséphine, Sophie et Virginie, nos tantes attentionnées. Elle, qui était partie presque sans se retourner, a éprouvé le besoin de revenir à la maison au moment de devenir mère. Antonin ne souhaitait pas qu'elle s'installe à Comps. Au village, il n'y a que quelques voisines et une matrone sans aucune formation qui fait office de sage-femme. Antonin ne croit pas au pouvoir des tisanes et des onguents. En cas de complication, il craignait l'éloignement, les mauvais chemins, même en été. Ovide avait insisté : une chambre lui serait réservée à la Malautière. Emma se ferait une joie de partager ce moment avec sa belle-sœur. Mais Nézida souhaitait tellement retrouver sa maison ! Ma décision de passer, moi aussi, quelques jours à Comps a certainement compté dans l'accord d'Antonin. Ma présence le rassurait et j'avoue que l'idée de vivre cette fin d'été avec ma sœur dans nos collines me remplissait de joie. Je prie aujourd'hui pour ne jamais avoir à regretter cette décision.

Antonin nous a donc accompagnés à la gare et a installé Nézida dans le train comme un objet précieux… Maintes recommandations, le poids d'une grande responsabilité. Mais il y avait déjà sa main dans la mienne et une complicité retrouvée au moment où le train s'ébranlait, où nous agitions de concert nos mouchoirs pour un au revoir.

Seul dans la pénombre, je suis assis à la table. Une fille de ferme a déposé devant moi un bol de soupe auquel je n'ai pas touché. L'odeur qui s'en dégage me gêne un peu. La maison est si calme, ils sont tous partis se reposer, la nourrice doit arriver, m'a-t-on dit.

Le souvenir de ces derniers jours tourne et retourne dans ma tête comme le mistral sur les pierres, le vent qui rend fou… Je suis un témoin impuissant, inutile, des visites incessantes des parents et des voisins… Ovide et Emma ce matin.

Ovide a fait prévenir Antonin par courrier postal accéléré. Nous l'attendons, je l'attends, avec anxiété. Le médecin est monté hier soir sur l'insistance d'Ovide à qui j'avais envoyé Éliel. Pauvre Éliel ! Descendre à la nuit tombée pour encore une fois nous rendre service. Il ne nous tient pas rigueur du refus de ma sœur à sa demande en mariage. Il l'a tant aimée, admirée, que même partie, même mariée, il se soucie d'elle. Depuis hier, il a laissé sa ferme pour nous aider. Je ne sais pas ce qu'il a dit à sa jeune femme, Marie, qui attend elle aussi son premier enfant.

Ah, retrouver le passé et revoir nos chemins vers l'école: Éliel, Marie, Léopold traînant les sabots, Joséphine et Nézida tirant notre troupe après elles. Ma sœur mettait des couleurs sur nos jours, elle soufflait un vent porteur d'espoir sur nos vies immobiles.

Je ferme les yeux, les pensées affluent... Aux premières douleurs hier soir, Léopold rentrait de l'étable. Ma mère préparait la burgeire pour la lessive du lendemain. Petit, j'aimais l'aider à remplir les sacs de cendre qui servait à laver le linge. L'air était doux, mais le ciel se chargeait d'encre, et Léopold, qui prévoit le temps sans guère se tromper, a annoncé du vent et de la pluie. Notre chien, qui m'avait tant manqué, dormait aux pieds de ma sœur qui se reposait dans un fauteuil d'osier sur le seuil de la maison. La vue est si paisible, si belle, à cet endroit, que j'ai pensé à ce moment précis que nous étions tous à notre place. Depuis notre arrivée, Mère était attentionnée envers Nézida. Elle l'incitait au repos, préparait ses repas et l'écoutait sans lever les yeux au ciel lorsqu'elle évoquait sa vie à Lyon. Je l'ai même vue lui porter un châle pour qu'elle ne prenne pas froid au soir tombé, préparer une infusion de tilleul et encore cuire un gâteau de châtaignes, le dessert préféré de la petite revenue à la maison.

Léopold n'a pas eu un mot, un reproche contre nous, pas de plainte sur les difficultés de sa vie à la ferme. Nos regards se croisaient et savaient. Nul besoin de paroles, nous nous comprenions, nous étions réunis dans un temps suspendu, un temps calme et précieux qui, pour exister ce soir-là, avait dû surmonter bien des jours difficiles. Mon père me manquait tout à coup. Je tournais la tête vers le chemin espérant aussi y voir arriver Grand-Père. Grand-Père Gougne pourrait se joindre à nous… puis Éliel, Isidore, Joséphine et les autres, sans oublier Jean Barnier, notre instituteur, tous me manquaient dans ce moment de plénitude, dans la lumière mordorée du soir, des éclats de rose effilés par le vent comme il n'y en a qu'ici.

Mais brusquement, Nézida s'est agrippée aux accoudoirs du siège en osier. Surprise, une expression douloureuse sur le visage, comme réveillée brutalement d'un rêve. Le chien, lui aussi, s'est levé d'un bond. Je l'ai aidée à se redresser. Notre mère a soutenu Nézida jusqu'à sa chambre.

C'était les premières douleurs ! Nous avons appelé Louison. Louise Dufour était avec nous sur les bancs de l'école. Elle n'a jamais quitté le village. Aînée de neuf enfants, elle a une grande habitude des accouchements. Elle a été à bonne école auprès de sa mère, Marthe Dufour, considérée par tous comme la matrone du village. Quelques accouchements réussis avaient suffi à établir sa réputation. Lorsque cela se passait mal, personne ne venait l'incriminer : le sort ou la fatalité étaient responsables. Naturellement, Marthe, dite la Marton, a initié sa fille. Louison a pris la relève de sa mère vieillissante. D'une force physique impressionnante, elle arrive chez les parturientes et prend en quelques minutes le contrôle de la maison. Elle distribue à chacun un rôle et une tâche. Dans ces moments-là les paysans les plus robustes, les plus gaillards obéissent à la jeune femme, elle-même mère de deux garçons rouquins qui la suivent souvent et attendent sagement près de la cheminée, profitant d'une soupe ou de quelques noix.

Louison, comme sa mère avant elle, s'occupe aussi de la toilette des morts. Comme s'il y avait une proximité des deux extrémités de la vie.

Le premier médecin exerçait à Dieulefit. À Lyon, on évitait bien des souffrances en utilisant déjà des méthodes d'anesthésie appliquées alors à la chirurgie. Nézida m'avait expliqué ces nouveautés lors de nos promenades lyonnaises. Et ce soir, elle ne pouvait pas en bénéficier. Elle était là-haut avec Louison, dont j'entendais les pas aller et venir… puis plus rien… puis de nouveau des bruits que j'essayais d'identifier. Le travail pouvait être long, surtout pour la première naissance, m'avait-on expliqué. Hors de la chambre, la vie s'organisait dans l'attente.

Nous avions prévu de rentrer dans un jour ou deux et je ne cesse de m'en vouloir de ne pas avoir anticipé ce retour. Antonin était venu le dimanche précédent et s'était installé à La Calade pour la nuit. Ma mère, un peu gênée, avait, avec l'aide de notre proche voisine Marguerite, nettoyé la maison à grande eau. La fierté l'obligeait à montrer son intérieur sous son meilleur jour. Elle avait demandé à Léopold de chasser des grives, les raisins étaient mûrs, pas encore de châtaignes, mais la farine de l'an dernier suffirait à un gâteau, Léopold sortirait une bonne bouteille…

Nous n'étions pas rentrés à Lyon avec Antonin, car il devait s'arrêter à Valence pour des raisons professionnelles. Notre retour suivrait de quelques jours. Il pourrait ainsi nous accueillir et venir nous chercher à la gare. Il aurait réservé une table chez Georges, la brasserie préférée de Nézida pour ses plafonds ornés et ses banquettes en cuir profondes, mais surtout pour l'effervescence et l'animation qui y règne. Mon Dieu, faites que nous puissions tous très vite nous retrouver pour une promenade sur les bords de Saône : Nézida près de moi, sereine, avec dans ses bras l'enfant qui s'apprête à naître.

19

Joséphine

23 septembre 1884

Je suis arrivée à La Calade aussi vite que possible. Éliel était passé par la maison pour me prévenir. Il n'était même pas descendu de sa carriole, il m'a hélée depuis le chemin. Occupée aux poules, je n'ai pas entendu. C'est mon fils aîné, Maurice, qui traînait dans la cour, qui est venu vers moi en courant. Éliel était affolé, comme tous les hommes quand on leur annonce que le travail a commencé. Il descendait à Dieulefit chercher le médecin, il n'y avait pas de temps à perdre.

Nézida était entrée en douleurs. Je me suis réjouie quoique un peu inquiète. Son mari, Antonin, venait juste de repartir. Nous avions passé un peu de temps ensemble, dimanche dernier. C'était la première fois qu'Antonin restait à Comps et s'installait à La Calade. Suzanne avait été un peu gênée.

Je n'avais jamais entendu mon amie parler de notre village avec tant de chaleur. Je pensais qu'elle en était partie sans regret, mais elle en parlait à Antonin avec émotion et tendresse. Le bois de châtaigniers, la mare au fond du vallon, nos montagnes : Miélandre qui se dresse à l'est et reçoit les premières neiges ; Vente, la plus basse et la plus ensoleillée ; Angèle la haute ; la Lance qui se dessine au loin, frontière entre les contreforts du Vercors et la Provence… Antonin connaissait ces sommets mais le point de vue était différent et plus grandiose d'ici que depuis Dieulefit.

Elle lui racontait les collines déboisées par les potiers, très nombreux, qui venaient y chercher le bois nécessaire à leurs fours. Elle semblait oublier qu'il avait grandi à Dieulefit. À ses yeux, il arrivait d'un autre monde. Je l'écoutais avec surprise évoquer nos souvenirs d'enfance. Pour Nézida, il n'y avait eu que de bons moments, tout le reste était oublié.

Son retour à Lyon était prévu, elle voulait accoucher à l'infirmerie protestante. Elle m'avait raconté toutes les nouveautés médicales, mais cela ne m'impressionnait guère : mes quatre enfants étaient nés ici, les trois premiers avec l'aide de Marton et mon petit dernier avec celle de sa fille Louison, dans mon lit. L'accouchement est une affaire collective chez nous, une affaire de femmes. Toutes proposent leur expérience et recettes pour soulager la douleur.

Peu de temps après ma naissance, la sage-femme qui depuis tant d'années aidait les femmes de Dieulefit et de Comps dans leurs douleurs, fut retrouvée morte, sur le bas-côté du chemin de la Patte, un bois de chênes verts qu'elle empruntait pour redescendre plus rapidement vers le bourg. Eugénie Rose Borne parcourait sans cesse les quelques kilomètres entre les deux villages. Elle était employée par la mairie de Dieulefit, nos mères et nos tantes avaient toutes le souvenir non seulement de ses larges mains et de son autorité, mais aussi de son rire sonore et de sa personnalité qui faisait jaser au-delà de la vallée, surtout parmi les hommes. Elle s'était mariée très tardivement et avait enfanté à plus de quarante ans. Le père de l'enfant était un homme beaucoup plus jeune qu'elle, que l'on appelait parfois avec mépris le Violoneux ou le Musicien. Il ne travaillait pas et vivait du labeur de cette forte femme dont le parler et les manières masculines dérangeaient. Peu avaient le courage de le lui dire ! Chez les femmes, au contraire, le souvenir d'Eugénie était si profond qu'elles avaient réuni leur peu d'économies pour faire ériger une stèle en pierre à sa mémoire, au cimetière de Dieulefit, où elle repose. « À Eugénie Borne, épouse Chaix, les femmes de Dieulefit et de Comps reconnaissantes. » Depuis sa disparition, il n'y avait plus eu de sages-femmes, que de simples matrones.

Ce que m'avait appris Nézida sur les conditions de naissance à la ville me faisait un peu peur. Les accouchements à l'hôpital étaient réservés aux filles pauvres et sans famille, les accouchements à domicile étaient sous le contrôle de sages-femmes expérimentées, formées dans les écoles récemment ouvertes. Nézida était passionnée, la médecine l'intéressait tellement qu'elle s'enthousiasmait. Je l'écoutais, mais trouvais que l'on faisait toute une histoire autour de ce qui était si naturel. Lors de son voyage pour les obsèques de sa belle-mère, Louise Soubeyran, je la revois sur ce banc près du Jabron m'expliquer avec force détails le sens de mots inconnus : antiseptique, anesthésie, forceps… et d'autres encore que j'ai depuis oubliés !

Après avoir confié les enfants à Jules, en marchant vers La Calade, j'imaginais la déception de mon amie qui devrait accoucher ici comme nous l'avions toutes fait avant elle. Paul m'accueillit avec soulagement. Il était visiblement très inquiet et s'en voulait de n'être pas à Lyon avec Antonin qui, au mieux, n'arriverait que le surlendemain. Comme tous les hommes en ces circonstances, il tournait en rond, ou restait assis, la tête dans les mains, se sentant inutile, exclu et impuissant.

Je le rassurai, lui vantant les mérites et l'expérience de Louison. Certes, la naissance arrivait un peu en avance, mais Nézida se portait bien et le bébé ne devait pas être bien gros au vu de sa silhouette.

Les enfants de Louison jouaient près de la cheminée, les joues rouges, car le feu avait été ravivé sur ses ordres. La nuit serait peut-être longue, il fallait prévoir de l'eau chaude en abondance. Comme il faisait doux dehors, Paul est sorti prendre l'air… Je suis restée avec lui longtemps sur le seuil, lui rappelant, pour lui changer les idées, nos jeux d'enfants, nos courses dans les feuilles mortes, ses plaintes sur le chemin de l'école…

Louison est descendue de la chambre. D'un bond, Paul s'est précipité à l'intérieur, avide de nouvelles.

Tout se déroulait normalement, mais il fallait installer Nézida dans la pièce principale, près du feu car elle avait froid : elle serait bien dans le lit destiné à la fille de ferme. Il était encombré car il n'avait pas servi depuis longtemps.

Je connaissais la maison, je savais où trouver draps et serviettes. Paul était en plein désarroi. Pourquoi Léopold, parti avec Éliel à Dieulefit chercher le médecin, tardait-il ? Fallait-il aller à leur rencontre ?

Suzanne est alors descendue et m'a aidée à préparer le lit. Elle a prononcé des paroles rassurantes, prenant calmement la main de son fils pour l'apaiser.

La nuit tombait, les enfants s'étaient endormis. Toujours à l'étage, Nézida était calme, Louison à ses côtés. Paul, Suzanne et moi avons partagé pain huilé et fromages. Nous attendions Léopold pour transporter Nézida dans l'escalier de bois étroit et raide. Je crois m'être assoupie et c'est le bruit de sabots sur le seuil qui m'a réveillée. Éliel et Léopold étaient là. Après avoir demandé des nouvelles de Nézida, ils nous ont dit avoir prévenu Ovide, qui dès le matin aviserait Antonin par courrier express. Le médecin passerait le lendemain : il ne se dérangeait pas pour les accouchements des villages alentour. Il fallait se fier à l'expérience des matrones, Louison avait bonne réputation…

J'ai laissé les hommes entre eux, car j'avais entendu les premières plaintes de mon amie. Je suis montée dans la chambre qui avait abrité nos secrets d'enfants, puis de jeunes filles. Suzanne avait imprégné des mouchoirs d'essence de lavande, une bougie de cire d'abeille se consumait sur le chevet.

Dans le clair obscur de la pièce, Nézida tendit sa main vers moi. Je retrouvai avec émotion la lumière familière dans le regard cerné de ma tendre amie.

20

Léopold

Je reviens de la mairie.

C'est moi, accompagné de notre oncle André Barnier, le mari de tante Virginie, qui ai déclaré devant Pierre Raspail, notre maire, le décès de ma grande sœur Nézida à 19 heures ce soir.

Sur le chemin du retour vers La Calade je suis seul avec la douleur, l'envie de hurler dans le vent, de frapper mes sabots contre les pierres. Ils s'imaginent tous que ma force me protège du chagrin. Je cherche quelqu'un, un regard, un geste pour apprivoiser ma peine. Le ciel pleure lui aussi, une pluie fine a succédé au vent violent de la nuit dernière.

Il y a quelques jours, le 24 septembre, sous la lumière rousse, presque rouge, qui traversait le feuillage encore fourni des châtaigniers, nous montions, mon frère Paul et moi, déclarer la naissance de notre nièce, Elmina, à la mairie. Antonin n'était pas encore arrivé de Lyon, nous étions les deux frères réunis dans ce nouveau rôle.

L'accouchement nous avait semblé interminable, nous étions épuisés mais heureux. Cette petite brune, que nous n'avions pas osé prendre dans nos bras tant elle paraissait fragile, était la fille de notre grande sœur et nous, petits garçons à ses yeux, avions du mal à le réaliser.

Le chemin qui mène à la mairie, sur les hauteurs du village, près du château, emprunte une partie de celui de l'école. Paul, en marchant, prenait mon bras, passait le sien autour de mon cou en souriant. Des gestes oubliés : avaient-ils existé ? Même en mêlant nos souvenirs nous n'arrivions pas à retrouver les paroles des comptines de notre enfance. Nous avons beaucoup ri. Mon Dieu que ces rires m'ont fait du bien ! Je les attendais depuis si longtemps. Nous n'avions, enfants, partagé que des tâches à la ferme, Paul ne les appréciait guère. Les bons moments, ceux qu'il attendait, il les vivait avec Nézida.

Nous avons pris notre temps, sur le chemin de la mairie. les mots au bord des lèvres, j'ai hésité à lui parler, à lui parler vraiment. Les mots étaient là, prêts depuis longtemps, en ordre, préparés, ressassés. Moi, toujours un peu à part, resté dans la boue de la ferme, parmi les bêtes et dans les champs, moi qui avais enduré les silences de la mère, le vide dans la maison, j'aurais enfin dû m'exprimer. Depuis tant d'années le petit frère avait eu envie de prendre la parole. Le brave Léopold, comme on me nomme si souvent, bien qu'aimé, n'a jamais partagé les rires, les discussions sans fin dans le lit, ni écouté les rêves puis les projets de son frère et de sa sœur. Le brave Léopold, force de la nature, jamais fatigué, heureux de travailler avec les hommes, fait pour cette vie. Le chasseur de grives et de lièvres.

Quelle pierre au fond de la gorge m'a-t-elle empêché encore une fois de parler, sur ce chemin où les odeurs d'automne ravivaient l'enfance ? Peut-être que le temps était à la joie, peut-être était-il déjà trop tard ? Peut-être surtout les jours de grâce que nous venions de vivre avaient-ils tout effacé, tout réparé. Je n'ai rien dit.

Le retour de Nézida et de Paul avait fait revivre la maison. Notre mère était transformée, la lumière entrait à nouveau dans la cuisine, l'odeur d'enfance des gâteaux qu'elle ne préparait plus, les rires, les jappements du chien.

La famille s'était retrouvée mais elle n'était plus la même. Paul s'intéressait aux travaux entrepris à la ferme, il me félicitait d'accomplir tant de travail. Je n'ai même pas pensé à ce qu'il me demande pardon de m'avoir laissé seul avec l'exploitation de la ferme familiale. Les mots étaient peut-être difficiles pour lui aussi. Ma sœur s'était montrée attentive, le matin elle avait beurré mon pain, « mon petit frère », avait-elle dit en se moquant gentiment de moi quand je le trempais dans ma soupe. À Lyon, ils déjeunaient de lait et de café. Elle avait promis de m'apporter du café. Je n'en ai jamais bu.

Nous avons vécu des journées joyeuses, des soirées douces. Je savais qu'ils repartiraient bientôt.

Paul devait rejoindre son bureau et Nézida avait prévu la naissance à Lyon. Mais je savais maintenant qu'ils reviendraient, nous avions même envisagé un voyage à Lyon, je n'osais y croire !

Ma sœur se reposait sous le tilleul, je l'observais dans son sommeil, l'admirais. Malgré la fatigue, malgré les cernes bleutés qui soulignaient ses yeux, Nézida était toujours aussi gracieuse. Ses mains, soignées maintenant, avaient si souvent serré les miennes. Sa tenue colorée, élégante, ses fines bottines en cuir blanc. J'ai profité de ce moment qui m'était offert, à moi seul.

À son réveil, je lui ai fait la lecture, heureux de lui montrer que moi aussi je pouvais apprécier et m'intéresser aux choses qu'elle aimait.

Les premières douleurs ont mis un terme aux doux moments fraternels, magiques, inespérés que nous venions de vivre. Je m'accroche de toutes mes forces aux images qu'ils me laissent pour apaiser mon âme.

Je ne distingue plus les jours qui suivirent. Les événements se mélangent. L'arrivée des uns, le départ des autres, La Calade endormie sous une chape d'inquiétude, les heures immobiles hors du temps, ponctuées de visites, de pleurs, libérées en passant le seuil de la chambre, de mots de réconfort succédant à ceux de résignation et de prières. Des repas silencieux, des nuits courtes, agitées.

Antonin était arrivé, Paul l'avait tant attendu, il s'était précipité au bruit de la carriole d'Ovide sur les pavés de la cour. La porte s'était refermée sur eux. Dès qu'elle verrait Antonin, Nézida se sentirait mieux, nous pourrions bientôt fêter ensemble l'événement, sous le tilleul. « Tu as du vin pétillant, n'est-ce pas, Léopold ? » Mais la fièvre augmentait.

Je n'ai pas posé ma fourche. Je m'occupais des bêtes qui ne peuvent pas attendre, j'entraînais Paul à l'étable, lui qui petit aurait tout inventé pour éviter cette tâche, me suivait, jetant des coups d'œil réguliers vers le chemin, guettant le médecin ou quiconque apporterait de bonnes nouvelles. Les femmes s'occupaient de l'enfant. Menue, elle semblait toutefois en bonne santé, le lait de la nourrice était riche et sain, elle avait, l'an dernier, nourri un garçon du hameau de Combe Thurel qui se portait bien. Je ne l'ai guère approchée, reconnaissant les mèches brunes échappées du bonnet. Ma mère ne quittait pas la petite.

Joséphine faisait de courtes apparitions, ses enfants avaient besoin d'elle mais elle s'échappait régulièrement. Ma tante Virginie nous apportait de la soupe. Malgré la fatigue j'étais affamé. Nous dormions sur les chaises près du feu. Antonin s'étendait sur le lit, dans le renfoncement de la cuisine, que Joséphine avait préparé : nous n'avions pu descendre Nézida, les douleurs étaient trop fortes, Louison avait préféré la laisser dans la chambre. L'attente, la douloureuse attente s'éternisait…

Et, soudain, un grand silence déchiré de sanglots.

Nézida s'était éteinte.

Notre chambre d'enfants, celle des froids matins d'hiver, des réveils à l'aube, celle des mots chuchotés, des gestes doux et vifs pour m'aider à m'habiller pour l'école, cette chambre serait à présent et pour toujours celle où ma grande sœur, si brune, si belle, nous avait quittés.

Où étaient-ils tous ?

Où était-il, le frère tant aimé ? Où était-il parti cacher ses pleurs ? On le cherchait partout, la nuit allait tomber, sous la pluie il allait prendre mal, les femmes s'inquiétaient.

Où était-il donc, le fier et bel Antonin, le mari si malheureux ? Prostré près de son enfant, sans avoir la force de faire un geste.

Qu'importe, bien sûr, Léopold va faire le chemin ! Il ira à la mairie. Léopold rend toujours service si on a besoin de lui. Personne n'a touché mon épaule, personne n'a entendu mes pleurs, qui ne se voyaient pas.

Je marche seul, mon oncle est rentré chez lui. Sur le registre de l'état-civil, pour la première fois, j'ai signé de mon vrai nom, Jean-Louis Cordeil, celui-là même que l'on avait changé pour me prêter les qualités que l'on espérait de moi.

Sous mes sabots, les feuilles gorgées d'eau, les pierres humides et glissantes.

Aucune main à laquelle me retenir.

21

Antonin

Je ne retrouve un peu de paix et de soulagement qu'à la résurrection des images anciennes.

Elles se présentent, les unes après les autres, derrière mes paupières closes. Elles ne sont pas encore souvenirs tant je sens sa présence, puissante, palpable.

Elle est là, derrière la porte, un livre à la main, il me suffit d'entrer. Elle rentre tard parfois, peut-être est-elle juste en retard ? Il pleut, je vais descendre et marcher au-devant d'elle. Je sentirai sous mes doigts les gouttes ruisselant sur son visage. Nézida ne se protège pas de la pluie ni du vent qu'elle ne craint pas.

Je vais me lever, répondre aux deux coups brefs à la porte, elle va de ses bras se pendre à mon cou…

Le palier est vide. La concierge cire la rampe de l'escalier. Elle se redresse, surprise, m'adresse un signe de la tête. Je referme la porte, pose le front contre le mur où, sur la patère, l'attendent aussi ses châles et ses manteaux.

Je ferme les yeux, cherche à comprendre l'absence.

Je peux rester des heures devant la fenêtre de notre chambre, assis dans son fauteuil qui porte encore son parfum. Ce parfum, le seul que je lui ai offert, le seul qu'elle ait jamais eu. Elle avait pris le flacon comme on découvre un trésor, les yeux brillants de convoitise et de gratitude. Deux gouttes sur le col, comme si elle n'en aurait jamais plus… Le flacon doré, piqueté d'abeilles, est à moitié plein, orphelin sur la coiffeuse.

Les pensées qui m'assaillent sont comme des branches fleuries pleines d'épines : elles soulagent furtivement de leur douceur la douleur incessante. Elles sont cruelles. Je caresse le cuir des livres dans la bibliothèque, effleure et retrouve dans chaque objet un peu de notre histoire. Les montagnes enneigées, dans ce tableau, lui rappelaient les cimes autour de Miélandre.

Je compte, comme des moments perdus, nos rares disputes. Je regrette les mots durs prononcés ce soir d'hiver après sa chute. Des mots de peur et d'incompréhension plus que des reproches. Je crois qu'il a été plus facile pour elle de s'habituer à la ville que pour moi de m'habituer à une femme comme elle. Mon amour si sincère et profond soit-il n'a pas suffi à comprendre ses rêves, ses choix. Je ne savais pas, ne l'ayant pas appris, qu'une femme pouvait désirer plus et autre chose que la maternité. Je pensais que ce serait pour elle un aboutissement. Elle allait trop vite et trop fort pour un homme comme moi, prisonnier des carcans de la religion et de la morale. D'où tenait-elle son refus des entraves ? Elle était pourtant attachée aux traditions, comme elle l'avait montré lors de notre premier Noël à Lyon, qu'elle avait préparé avec la gaîté d'une petite fille.

Je repense à ce premier Noël qui fut aussi le dernier… Comment, mon Dieu, avez-Vous pu permettre un tel malheur ? Mon cher Ovide peut bien me tenir les mains et prier pour moi, je reçois son amour mais n'accepte pas. Je doute de ma foi. Pourquoi l'avez-Vous mise sur mon chemin pour me la retirer si vite ? Je ne devais pas rencontrer une telle femme, personne autour de moi n'a connu ce feu, ce vent, cette eau vive… Depuis que Nézida n'est plus, tout est devenu fade et insipide. Je ne suis plus entouré que d'eaux dormantes, mortes… l'avenir est devenu trop sage, convenu, attendu, sans intérêt.

Depuis mon retour à Lyon, après ces jours partagés entre Comps, où Léopold essayait avec douceur de m'arracher du cimetière que je ne pouvais me résoudre à quitter, et Dieulefit où Emma et Ovide déployaient patience, attentions et prières pour me soulager, il a fallu les laisser derrière moi et rentrer à Lyon.

Henry, comme moi, erre dans l'appartement. Je remarque ses efforts mais ses yeux embués trahissent son désarroi. Éliette se déplace gravement, sans faire de bruit sur le parquet, elle tient la maison depuis que j'ai congédié l'autre jeune fille, préférant garder près de moi celle que Nézida appréciait tant. Leurs rires dans la cuisine ont fait place au silence.

Mes amis essaient de briser ma solitude, leur compassion bienveillante les oblige à me proposer sorties ou dîners en ville. Mon cher ami Louis vient me chercher pour l'accompagner aux séances d'escrime. La jeune Irène déploie sa douceur et son charme pour me proposer une promenade, un concert. Je sais, grâce à une indiscrétion de Louis, que mon frère cache son bonheur d'avoir rencontré il y a peu une jeune femme originaire de l'Ain, une certaine Louise Confavreux. Il n'ose pas me parler d'elle, comme si le bonheur des autres pouvait me faire du mal. Il se trompe, le bonheur m'est égal. Tout m'est égal.

Je suis allé il y a quelques jours à l'infirmerie protestante. Je me suis assis dans la salle d'attente parmi les indigents, les femmes enceintes, les enfants souffreteux. J'y suis resté tout l'après-midi. Personne n'a osé me déranger. Une jeune femme en uniforme m'a apporté un verre d'eau… Lui adressant un sourire, c'est à Nézida que je souriai. Car c'est ici que je peux le mieux la retrouver et mettre mes pas dans les siens.

Je m'imprègne des lieux pour me rapprocher d'elle. Cela devient une habitude, je prends quelques libertés avec les horaires de mon bureau et passe régulièrement à l'infirmerie. On me connaît. En souvenir de Nézida, tout le monde respecte mon silence. Un matin, j'ai vu entrer Camille, en tenue. Ayant du mal à cacher ses larmes, elle s'est approchée de moi et j'ai osé la serrer dans mes bras. Elle m'avait envoyé une très gentille lettre après les obsèques. Elle avait fait le déplacement. Elle ne connaissait pas notre région et avait voulu sentir au plus près ce qu'avait été la vie de sa chère amie : la maison de son enfance, son école, ses chemins. Camille a eu la délicatesse de ne pas me parler de ses projets. J'avais vu par moi-même une affiche avec les dates et la procédure à suivre pour l'inscription à l'école médicale. Les cours commenceraient mi-novembre. Pour cesser de souffrir quelques minutes, j'ai rêvé que Nézida s'y préparait, qu'elle espérait mon soutien. Alors, de toute mon âme, je le lui ai accordé.

Les heures qui suivirent la disparition de Nézida, je ne parvenais pas à aimer ma pauvre enfant ni même à la regarder. Moi qui l'ai tenue dans mes bras deux jours après sa naissance lorsque je suis arrivé de Lyon, le plus vite possible. Moi qui ai retrouvé avec bonheur en elle les yeux et les cheveux noirs de sa mère, je ne ressentais plus que colère et rancune. Lorsque, épuisé de fatigue, je m'apaisais, ma colère se transformait en indifférence. Responsable malgré elle de la perte inconsolable de la femme que j'aime, je ne pouvais l'approcher.

Tout le monde s'occupait d'Elmina. Joséphine voulait la prendre chez elle, avec l'aide d'une nourrice. Ma belle-mère la couvait des yeux, caressant sans fin ses cheveux, la berçant doucement et tendrement. Les voisines, les tantes de Nézida, même Emma, montée de Dieulefit, faisaient d'elle l'unique centre d'intérêt.

Tout avait été si vite.

À mon arrivée, Nézida, faible mais si belle, diaphane dans les draps blancs aux senteurs de lavande, m'avait accueilli tendrement. Sur son front brûlant, des mèches brunes restaient collées. Ma main fraîche l'a surprise. Je n'ai pas reconnu la couleur de ses lèvres. J'y ai déposé un baiser, la lavande masquait à peine l'odeur un peu aigre qui se dégageait de sa chemise. L'enfant reposait dans son berceau. Maladroit, je l'ai soulevée pour la déposer avec précaution dans les bras de sa mère. Nous sommes restés de longues minutes, silencieux.

J'avais souhaité donner à ma fille le prénom d'une de mes petites sœurs mortes avant ma naissance : Elmina. Ma mère parlait sans retenue de ses trois petites disparues, contrairement à mon père que je n'ai jamais entendu prononcer leurs prénoms. La naissance d'Elmina suivit de peu le décès de Célina, âgée de seize mois. À son tour, elle fut emportée par la fièvre et les éruptions cutanées qu'aucune potion à base de plantes, de jaune d'œuf ou d'eau de vie n'arrivait à soigner. Lorsque, quelques mois plus tard, la petite Évangeline s'éteint à son tour, ma mère prit les décisions du Seigneur comme une fatalité. Elle nous racontait souvent les souvenirs qu'elle gardait de la courte vie d'Elmina. Ces récits nous la rendaient proche, présente. Déclarée sous le nom de Marie Louise Elmina, elle vécut moins de deux ans. Elle marchait déjà, ce qui étonnait les voisins de la rue du Bourg à Dieulefit où mes parents occupaient le premier étage de la maison de mon grand-père Soubeyran. Petite fille vive, curieuse, peu obéissante, les genoux souvent écorchés sous la robe. Le caractère de cette enfant que j'aurais aimé avoir eu pour grande sœur me plaisait. Elle repose près de ses sœurs au carré protestant du cimetière de Dieulefit.

Le 26 septembre, jour de mon arrivée à Comps, le médecin n'était pas inquiet. Ma femme était fatiguée, fiévreuse, mais cela lui semblait normal. La petite se portait bien, une nourrice venait de La Patte, un hameau un peu plus bas. Je m'étais organisé pour rester plusieurs jours, avant que nous ne repartions tous les trois.

Tout s'est accéléré, la fièvre a augmenté. Le médecin ne comprenait pas d'où venait l'infection. Nous étions nombreux à La Calade, pourtant le silence étouffait la maison. Les femmes s'affairaient autour de l'enfant. Paul, mutique, n'osait croiser mon regard, Léopold nourrissait les bêtes et fendait rageusement les bûches de châtaigner. Ovide, pensif, priait, pelait une pomme, me la tendait comme lorsque nous étions enfants.

Six jours après la naissance d'Elmina, mon amour s'est éteint. Le vent qui soufflait sa fureur depuis des heures s'est soudainement calmé au petit matin.

J'ai peu de souvenirs des jours qui suivirent, la cérémonie, le retour à Lyon. Je laissais Elmina aux soins de sa grand-mère, aidée des autres femmes. Je ne pouvais rien pour elle. Deux semaines plus tard, Ovide vint en personne m'apprendre la triste nouvelle. Elmina n'avait pas survécu.

Mon frère est reparti seul à Dieulefit. Je ne l'ai pas suivi.

Le temps passe, je suis retourné deux fois à Comps. Chaque voyage est à la fois une torture et un rendez-vous amoureux auquel je me prépare.

Le chemin qui mène au cimetière serpente entre les chênes. L'eau chante dans un ruisseau en contrebas, on s'éloigne des fermes, le ciel prend toute la place.

Le vent s'est levé. Où faut-il aller maintenant ?

Je ne me souviens plus.

Je ne veux plus me souvenir…

22

Le bruit du vent sur les pierres…

Je le reconnais. Je suis chez moi !

« Ouvrez le volet, la fenêtre en grand ! »

Je veux le sentir, sentir le vent et mon bébé contre moi.

Arrachez cette chemise.

Qu'a dit ma mère ?

C'est une fille !

Elle a dit « une fille », joyeusement, la voix étranglée, elle est heureuse cette fois.

C'est à ma naissance que tu étais déçue, mère, tu souhaitais un garçon…

Et voici ta petite-fille, Elmina.

Elmina, comme la sœur d'Antonin, morte avant sa naissance…

Trois petites filles mortes les unes après les autres…

Les filles meurent, les garçons vivent.

Mais toi, Elmina, tu ne mourras pas !

Je vais le lui dire. Donnez-la moi !

Tu auras une jolie vie, Elmina. Je te conduirai à la ville, tu dois y aller, tu n'y trouveras aucune barrière, je les ai toutes renversées de mes mains.

Mes frères ! J'entends vos voix : il faut vous réveiller pour l'école.

L'empereur, sa femme et vous mes princes !

Mais pourquoi ce silence ?

Ouvrez la fenêtre !

Le vent sur les pierres – le souffle de Dieu – j'aime l'entendre me dire que je suis chez moi. Bien sûr, j'ai dû partir… Mère, pardon ! Mais aujourd'hui, regarde comme je fais bien ce que tu me demandes.

Ma fille, ma mère, venez, nous partons.

Antonin va m'aider à me lever. Mais où est-il ? Et Grand-Père ? Et le chien ? Où est le chien ?

Il va amuser Elmina.

Il y a un peu de moi dans ce prénom, un peu de moi pour l'aider sur la route.

Il est difficile d'être forte.

Elles se sont moquées de moi, elles ont ri sur mon passage. Tu riais, Marie-Louise… Pourtant c'est moi qu'Antonin a choisie. Tu ne connaîtras jamais nos promenades en barque, ses douces mains sur les rames… elles me caresseront ce soir.

Éliel et toi, Isidore, je vous aimais bien, mais pas assez : pardon Éliel. Un jour tu m'as défendue, j'aurais pu prendre ta main et te suivre, mais la musique, son bras qui se tend et m'invite à danser.

Plus belles les robes des autres, plus élégants les chapeaux, mais c'est moi qu'il fait tourner !

Offre-moi des fleurs, Antonin, des violettes. Elmina, nous cueillerons ensemble des violettes, j'en ferai des couronnes pour tes cheveux, aussi noirs que les miens et puis…

Grand-Père nous sourira, et mon père sera fière de ses filles.

Ils nous regarderont tous, s'écarteront sur nos pas. La vie sera une danse, un tourbillon…

Regarde, Camille, je te présente ma fille. Elle va venir avec nous.

Tu verras, Elmina, comme c'est beau le soir qui glisse sur la Saône. Tu verras comme tout est beau ici aussi : les châtaigniers, les montagnes, l'eau sur les pierres, le vent dans tes cheveux…

Tu verras, j'ai voulu cette vie pour toi. Tu sais, Paul aussi te portera sur ses épaules pour compter les étoiles.

Mon doux Paul, ne pleure pas ! Nous arrivons bientôt à l'école : réchauffe ta petite main dans la mienne et ne la lâche pas, jamais.

Léopold ! Attention ! Pas trop près de la mare. Léopold, c'est ma faute, attention ! Que va dire la mère si tu tombes ?

Antonin est là maintenant, il va m'aider. Il va leur parler, leur dire que je suis jolie, que je dois partir avec lui, que du balcon on voit la ville. Le soir, elle brille pour moi.

Antonin, prends-moi dans tes bras, je m'accroche à ton cou.

Il fait trop sombre derrière ces volets. Attends, Antonin, prends aussi Elmina.

Mais où sont-ils donc ? Ils sont tous en bas ! Il faut descendre l'escalier… Attention, la première marche s'affaisse, je la connais.

En blouse blanche du dimanche, ma mère nous sourit. Nous sommes en retard pour le culte. Mon père est rentré – elle croyait l'avoir perdu. Il n'était plus assis au bout de la table, mais il est rentré. Et voici Grand-Père : il s'appuie sur Léopold et sur sa canne. Je m'en suis servi, Grand-Père, en t'attendant pour ramener les bêtes. En nous voyant il pleure de joie.

Et Sophie et Virginie, qu'elles sont belles sous leurs rubans.

Paul est si beau lui aussi !

Monsieur Barnier, mon maître…

Devant lui, Éliel, Joséphine, Isidore… nous font une haie d'honneur.

Camille est là, aussi souriante. Elle porte sa tenue d'infirmière, elle m'envoie un baiser de la main.

Je ne sens plus le froid… L'amour d'Antonin m'enveloppe, Elmina, ses yeux noirs grands ouverts, nous unit.

Plus personne ne se moque.

Plus personne ne me juge.

C'est ma vie, notre vie, Elmina !

Ils applaudissent tous.
J'ai réussi.

Épilogue

« Il n'y a pas d'amour perdu. »
CERVANTÈS

Je l'ai rencontrée page 456. J'étais plongée depuis des semaines dans la lecture d'un énorme livre : un essai généalogique retraçant minutieusement l'histoire d'une famille protestante qui, par un entrelacs de tours et de détours improbables, me touchait personnellement à ce moment-là de ma vie. Une compilation de dates et de noms, quelques rares photos. Une somme de recherches et de vies derrière des noms. Une œuvre de patience, quasi monastique.

L'ouvrage est poussiéreux, une odeur de grenier s'en dégage, des traces d'humidité sur les pages jaunies. La préface en peu de mots précise l'intention de son auteur. S'adressant à sa descendance, il note : « Que ce livre soit pour chacun d'entre vous comme la vieille maison ancestrale, celle des morts et celle des vivants, où vous rencontrerez ceux qui vous ont précédés pour apprendre d'eux. » Et de conclure : « La cendre des ancêtres revivra. »

Achevé au début des années trente du siècle dernier, ce livre renferme des centaines de vies, toutes constitutives d'une chaîne. Les histoires d'aujourd'hui ne seraient pas les mêmes si l'une d'elles avait été différente. Combien d'événements, de rencontres, de joies et de peines, combien d'absences à combler avait-il fallu pour que j'ouvre ce livre ? Rien n'est hasard, ma rencontre avec *elle* l'est encore moins.

C'est donc au détour d'une page que son visage m'a bouleversée, plus encore les deux dates inscrites sous la photo... Et ce prénom étrange...

En ouvrant ce livre, j'avais libéré tant d'histoires d'hommes et de femmes de l'oubli. Arrêtée par ce portrait, je l'ai presque entendue me retenir. Si je tournais cette page comme j'avais passé toutes les autres précédemment, elle resterait là avec son histoire. Parmi toutes les existences prisonnières du silence, Nézida, seule, a croisé mon regard. Elle est entrée dans ma vie.

Elle apparaît dans un cadre ovale d'une vieille photographie. Était-elle, ce n'est pas certain, en robe noire ? Ce peut être une blouse car le cadrage s'arrête sous la poitrine juste perceptible, boutonnée par de simples boutons blancs. Une broche en forme de fleur à peine plus claire sur la dentelle du col. Une seule boucle d'oreille est visible. Elle se tient légèrement de profil. Une bouche fine et délicate, le nez droit parfaitement aligné, des cheveux que l'on devine bruns relevés en chignon de part et d'autre d'une raie au milieu.

À côté d'elle, dans un cadre rectangulaire, sur la même page, tout près d'elle, un homme élégant, âgé, cheveux blancs, chemise blanche et cravate noire, une main dans le dos, une autre gantée de gris qui s'appuie sur une canne. C'est Antonin Soubeyran, un vieil homme. Elle l'a aimé, l'a épousé. Cet homme et cette femme se sont enlacés, se sont respirés jusqu'à ce jour où leur amour a continué à vivre sans elle. Pour elle, la vie s'est arrêtée, pour lui les rides se sont creusées. Elle, figée dans sa beauté, lui le visage travaillé par les années.

Sous les deux photographies, deux cadres rectangulaires eux aussi. À gauche, une femme de profil, chignon haut laissant deviner une chevelure épaisse, traits lourds et grossiers, nez fort et paupières tombantes. Elle s'appelle Marie, sa seconde épouse. À droite, un jeune homme élégant, cravaté, accompagné pour une promenade en barque d'une petite fille qui, debout, fixe l'objectif. Lui la regarde avec tendresse. Il s'appelle Edmond. C'est écrit. Il est le fils de Marie et d'Antonin. Il est le fils de cet homme âgé. Il est le fils que Nézida n'a pas eu avec lui, le fils de son amour.

Sa photo à elle est dans un cadre ovale. Il y a une famille, une continuité, mais aussi une rupture, une brisure. En témoigne sa photo dans le cadre différent des trois autres. En témoigne aussi l'absence de toute information la concernant à la page suivante où l'auteur, en quelques mots, renseigne autant qu'il le peut sur la vie de chacun. Mais d'elle, de cette vie brève, il n'est rien dit.

Nézida reste seule, oubliée, presque effacée. Présente malgré tout dans la vie de tous les autres. Elle est la trace profonde, perdue parmi les rides et la tristesse perceptible dans les yeux d'Antonin. Elle est une partie du poids sur sa canne. Elle est certainement la lumière éteinte dans le regard de Marie qui lutte contre sa présence à armes inégales.

Par l'immense présence de son absence, elle est la joie qui manque et a toujours manqué à l'enfant, Edmond, devenu père, qui a très peu vu sourire son propre père et peu senti l'amour et le désir dans le regard de ses parents. Elle est même dans l'interrogation des yeux de cette petite fille sur la barque, qui n'a aucun lien de sang avec elle, mais qui est le produit de l'existence de toutes ces personnes.

L'histoire aurait pu être différente comme toutes les histoires de nos vies. Un chemin et pas un autre, un choix, une rencontre, une rupture et toute la chaîne s'en trouve modifiée. J'ai croisé ces quatre photos. Elle, elle m'a appelée. Voulait-elle prendre la parole, peut-être une dernière fois ?

J'ai le sentiment que seul le vent me parle vraiment d'elle. Pourtant je l'ai cherchée sans jamais renoncer. J'ai interrogé toutes sortes de gens, les anciens, dont les regards ne s'éclairent que lorsqu'ils se souviennent, ou les pasteurs, gardiens généreux des mémoires familiales. J'ai consulté les registres d'état-civil, des actes divers et variés, marché des heures à la recherche des cimetières protestants à l'abri des propriétés privées, témoins d'une foi interdite. Là, enfouies sous les ronces ou protégées de murs aux grilles rouillées, des tombes ruinées, des noms illisibles sous la mousse et les feuilles... Je ne l'ai pas trouvée.

Son nom de jeune fille existe encore, essaimé dans les villages, porté par des enfants à l'école. Rien de son prénom. Ni trace écrite ni témoignage pour dire son existence, ses rêves, ses espoirs... Aucun souvenir. Une âme oubliée... Vivante, elle inquiétait, dérangeait peut-être. Son désir de liberté absolu, sa passion intense, l'envie de tout embrasser sans concession ni renoncement. Alors, contre l'oubli, il reste à raviver un feu qui brûle encore sous les cendres disparues... L'écho d'une voix lointaine mais puissante portée par le vent.

J'ai rêvé sa vie oubliée, sa passion interrompue. L'oubli ne pouvait l'effacer à jamais.

J'ai imaginé les hommes et les femmes qu'elle aurait pu rencontrer, les lieux qu'elle aurait aimés.

J'ai écrit ces mots pour que résonne à nouveau le bruit de ses sabots sur les chemins pierreux, ceux qu'elle a foulés un jour pour le rencontrer car il ne peut y avoir d'amour perdu.

Au milieu de la nuit, l'orage a fini par éclater. Pieds nus sur les tommettes, j'ai posé mon front contre la vitre. Les éclairs par intermittence éclairaient les collines. Le vent faisait ployer les herbes et les branches, la gouttière, en fontaine sur un seau oublié, martelait les secondes. Peut-être, en d'autres temps, Nézida avait-elle écouté les arbres, les ombres et les pierres pleurer au cœur de la nuit. Comme moi…

Dieulefit, été 2019.

Post-scriptum

Antonin se remariera, six ans plus tard, avec Marie. De leur union naîtra un fils unique, Edmond.

Paul Cordeil ne se mariera jamais, il n'aura pas d'enfant.

Suzanne décédera à La Calade à l'âge de cinquante-six ans, sans connaître un seul de ses petits-enfants.

Léopold épousera deux ans après le décès de sa sœur, Élisa Achard, de Crupies, à quelques kilomètres de Comps. Ils auront trois enfants qui resteront tous dans la région.

Joséphine aura encore deux filles. La première portera les prénoms de Nézida Violette Elmina. Elle ne quittera jamais les chemins de son village.

Éliel oubliera sa peine dans les sourires de son premier fils né peu de temps après la disparition de Nézida.

Éliette restera quelques années au service d'Antonin, jusqu'à son mariage avec Léon Daudet, le livreur de charbon.

Aristide poursuivra l'exploitation du château, il épousera une institutrice de Dieulefit.

Ovide et Emma auront un autre fils décédé en bas âge puis enfin une fille, Marguerite, qui portera haut le nom des Soubeyran pendant la Seconde Guerre mondiale.

Camille, quant à elle, débutera dès le mois de novembre 1884 une formation médicale qui la conduira sur d'autres chemins, vers une autre histoire…

Remerciements

Un immense merci à Jean pour son soutien sans faille, à Louise Jeantet pour sa patience, son implication et son efficacité, à Louis pour ses nombreux secours informatiques, à Didier de Calan pour son engagement et sa précieuse amitié, à Hubert Mary pour son aide et sa disponibilité, aux oreilles attentives et critiques de Nadine, Jean-Marc, Marie-Christine, Dominique, Peter, Andrée, Anne-Laure et sa chaleureuse librairie.

Je remercie également le personnel de la mairie de Comps pour sa gentillesse, Marie-Lou Terrot, Olivier Cordeil, Pierre Rialhe, Sonia et Jean Morin pour leur accueil.

Enfin merci à Phèdre, ma chienne, pour sa merveilleuse fidélité, partenaire des heures nocturnes.

Sources bibliographiques

Louis Soubeyran, *Essai historique et généalogique sur les Soubeyran*, Dieulefit, chez l'auteur, 1932.

Marylène Marcel-Ponthier, *Comps. Pages de vie, pages d'histoire en Drôme provençale*, La Bégude de Mazenc, IMEAF, 2001.

François Morin, avec la collaboration de Simone Dutour, *Dieulefit de 1850 à 1940*, Dieulefit, La Gleno dou Jabrou, 1999.

Jean-Marc Fournier, *Histoire du textile au pays de Dieulefit*, Dieulefit, Association PMH, 2018.

Georges Duby et Armand Wallon (sous la dir. de), *Histoire de la France rurale, 1789-1914*, tome 3, Paris, Seuil, coll. « L'Univers historique », 1975-1976.

Achevé d'imprimer sur Roto-Page en août 2021
par l'Imprimerie Floch à Mayenne
N° d'impression : 98693
Dépôt légal : septembre 2021

Imprimé en France